인생 처방전

작은 인생론

인생 처방전

발행 2023년 10월 30일

지은이 이강래
편내이 홍철부

펴낸곳 문지사
등록 제 25100-2002-000038호

주소 서울특별시 은평구 갈현로 312
전화 02)386-8451/2
팩스 02)386–8453

ISBN 978-89-8308-593-1 (03810)
정가 14,000원

작은 인생론

인생 처방전

잃어버린 나를 찾아서

이강래 지음

문지사

이 책을 펴내면서

누가 인생을 'one way Ticket'이라고 했던가?

어머니로부터 새 생명을 이어받아 힘찬 울음을 토해내며 알몸으로 이 세상과의 첫 만남, 그 순간부터 한 인간의 위대한 삶의 여정은 시작된다.

시간의 강물을 타고 아침 풀잎에 맺힌 이슬방울 같은 생명이 지혜의 빛을 받으면서 이성과 함께 성장한다. 그와 더불어 인간의 내면에서는 또 다른 야망과 욕망의 불길로 아직은 불분명한 꿈을 예감한다.

그 꿈은 성공과 행복이라는 축제를 연출하는 신기루이다. 화려한 빛깔, 때로는 절망의 어두운 표정으로 안내자 없는 신기루는 인간의 격렬한 도전을 요구한다. 도전은 피나는 경쟁과 노력을 필요로 하는 생존의 수단이다.

수단은 결과를 낳는다. 그 결과에 의해 인간은 승자와 패자로 엇갈린다. 그 차이는 천국과 지옥만큼이나 삶의 영역을 좌우한다. 그러므로 성공이라는 화려한 길을 미친 듯이 달리고 싶은 불꽃 같은 욕망을 참을 수 없다면, 지금 당장 미지의 벌판을 향해 뒤도 돌아보지 말고 달려가야 할 것이다.

하지만 이 세상은 아무것도 하지 않고 망설이고 있는 사람에게는 성공의 열매를 따게 하는 기회를 주지 않는다.

기회란 무엇인가? 바로 당신이 기회이다. 즉 당신 자신이 스스로의 운명을 개척하는 문을 두드려야 한다. 당신은 기회를 깨닫고 그 기회를 붙잡을 수 있는 준비를 해야 한다. 당신의 능력을 개발시키고 이미지를 만들어야 한다. 그럼으로써 자존심은 더욱 높아지고 활기에 넘친 삶을 살 수 있게 된다.

기회가 주어질 수 있는 영역은 광범위하다. 흔히 재정적인 성공이나 직장에서의 성공만을 생각하는 경향이 있는데, 기회는 어떤 조건하에서도 주어질 수 있다.

또 기회는 부정적인 감정을 피해간다. 기회는 권위 의식이나 편협된 생각, 기만된 행동에서 얻어지는 것이 아니다.

기회는 긴장이나 갈등 속에서도 혼자 힘으로 자신감을 발견하려고 애쓸 때 얻어진다. 자신감은 급변하고 복잡한 이 세상에서 당신에게 내적인 평화와 안도감을 가져다줄 것이다.

당신이 생산적인 목표에 전념할 수 있는 최상의 기회는 꼭 주어진다. 단 거기에는 조건이 있다. 그 목표를 달성하는데 당신의 능력을 최대한 활용해야 한다는 점이다.

당신의 자존심을 높여 스스로의 힘을 개발시킬 때, 당신은 행동으로 옮기게 되고 적절한 시기에 기회를 붙잡게 된다.

당신은 자신의 사고능력을 배양하고 활용할 때 무한히 뻗어나가게 된다. 내적인 힘이 먼저 갖추어져야 성공과 행복이라는 당신의 목표를 향해 나아갈 수 있다.

미약하게나마 이 책이 그 길로 안내할 것이다.

– 지은이

C O N T E N T S

제1장 – 인간의 삶은 판단의 역사이다

제2장 – 마음속에 있는 미래를 판단한다

제5장 – 종이 한 장 차이가 인생을 바꾼다

제6장 – 뛰어난 인재를 판별하는 방법

제9장 – 꿈꾸는 자가 세상을 바꾼다

제10장 – 성공의 주인공은 바로 나 자신이다

제 1 장

"인간의 삶은 판단의 역사이다"

불행과 행복은 꼬아 놓은 새끼줄처럼 찾아온다

추위에 떤 사람일수록 태양의 따뜻함을 느낀다.
인생의 고뇌를 겪은 사람일수록 생명의 존귀함을 안다.
-휘트먼

사물을 판단하는데, 아주 확실한 것에 대해서까지 일일이 판단할 필요는 없다. 어떤 것인가, 그리고 어떻게 될 것인가를 잘 알지 못하기 때문에 판단이 필요한 것이다.

아주 확실한 것, 지극히 당연한 것을 '필연'이라고 하고, 그 반대되는 것을 '우연'이라고 말한다.

필연이란 인과적因果的 필연성을 말하는데, 어떤 원인에서 정해진 결과가 반드시 생겨나는 것을 뜻한다. 따라서 이 법칙을 확실히 이해하고 있으면 당연한 문제에 대해 놀라거나 당황하거나 괴로워하는 일은 없다.

몇 가지의 요인이 뒤엉켜서 복잡하게 보이더라도 본질적인 데에 인과적 필연성이 관철되어 있으면 틀림없이 예상대로의 결과가 나오기 때문이다. 여기에서도 반드시 하나의 판단이 작용한다.

이와 반대로 우연이라는 것은 결과가 어떻게 나올지

알 수 없는 미지의 상태이므로 판단이 크게 필요하게 된다. 이런 우연에 대해 학자들은 다음과 같이 말하고 있다.

'어떤 문제가 일어나게 된 원인이 매우 복잡한 경우, 그 현상을 우연이라고 말한다.'—포앙카레

'우리들의 인식 불완전한 것이 우연이라는 말로서 나타난다.'—스피노자

'우연이란 것은 그것을 일으킨 원인에 대한 무지의 표현이다.'—라플라스

즉, 인간이 무지하거나 능력이 낮기 때문에 원인을 밝혀내지 못할 뿐이지, 인지人智가 발달하면 모든 원인이 밝혀지는데, 이 모든 것이 필연에 의해 이루어진다는 견해이다.

'자연에 있어서의 가장 큰 기적은, 자연에 기적이 존재하지 않다는 것이다.'라는 포앙카레의 말은 자연 과학자의 기본적인 사고방식을 대변해 주고 있다.

어쨌든 필연과 우연은 궁극적으로 한 가지라는 것이 인간의 지혜이고, 동시에 판단이라고 정의해야 하지 않을까 생각된다.

나뭇잎이 떨어지는 것은 필연이지만, 어디에서 어떻게

떨어지느냐 하는 것은 컴퓨터를 이용해도 알 수 없으므로 우연이라고 말하게 된다. 그러나 대체로 언제 어디쯤에서 떨어지리란 것은 예측할 수 있다. 이것을 개연성이라고 말하는데, 인간은 확률이라는 방법을 이용해서 예언할 수 있게 되었다.

인간은 반드시 죽는다. 그러나 언제 어떻게 죽을지 알 수가 없다. 죽음은 필연이지만 죽는 방법은 우연의 지배를 받는다. 여기에 인생의 묘미가 있다.

그러므로 언제 죽어도 좋다는 각오를 굳히고, 모든 어려움을 배제할 수 있는 한, 그 대책을 세워둔다.—이것이 인생에 대한 지혜이다. 여기에 삶의 뛰어난 판단이 작용하고 있다.

나중에 돌이켜보면, 모든 일에는 항상 설명이 붙여져 있고, 불행과 행복은 꼬아 놓은 새끼줄처럼 일체를 이루고 있음을 알게 된다.

J · 모노는 생명 탄생의 불가사의함에 대해 『우연과 필연』이란 명저를 저술하였다.

지구라는 이름의 푸른 별이 40억 년 전에 우주에 탄생되었고, 여기에 31억 년 전에 생물(박테리아)이 생겨났다. 이것은 우연인가, 필연인가. 그리고 인간이라는 불가사의한 생물의 탄생은 무엇인가?

인간의 일생은 판단의 역사이다

인생은 한 권의 책과 같다. 왜냐하면 그들은 단 한 번밖에
그것을 읽지 못함을 알고 있기 때문이다.
-잔 파울

'인생은 두 갈래길의 연속이다. 거기에는 우연한 운명이 기다리고 있다.'

불가사의한 운명의 별에서 살고 있는 인간, 그리고 그중의 한 사람이 나라는 존재이다.

동서고금을 통틀어 나와 똑같은 자가 한 사람도 있을 수 없는 특별한 존재이다.

이들을 존귀한 것으로 판단하느냐, 아니면 돌멩이와 같은 아무런 가치가 없는 것으로 판정하느냐에 따라 인생의 모습은 달라진다. 이처럼 어떻게 판단하느냐 하는 두 갈림길을 인간은 평생 동안 걸으며 생존을 영위하고 있다.

'인간은 모두가 죽는다는 점에서 근원적으로 평등하다는 것을 나는 불교를 통해서 배웠다'라고 말하는 불교도가 있지만, 죽음은 필연이고 그것에 이르기 까지에는 양자택일이라고 하는 우연적인 자유가 있다. 바로 거기에 인생의 의의와 의미가 있는 것이 아닐까.

자유는 판단하는 것이다. 선택의 자유가 인생이다.

돌이켜보면, 나의 인생도 판단의 연속이었다. 가장 큰 판단, 즉 삶에 대한 선택은 진학 · 취직 그리고 결혼이다. 지금 생각해 보면, 그 선택을 좀 더 다르게 했더라면 좋았을 텐데 하는 막연한 후회가 따른다. 하지만, 이렇게 하기를 잘한 것이 아닌가 하는 체념도 뒤따른다.

인생에 있어서의 세 가지 중요한 선택(진학 · 취직 · 결혼)뿐만이 아니라, 일상생활 속에서도 끊임없이 우리들은 판단하고 선택하는 일을 계속하고 있다. '더 먹을까, 이 정도로 끝낼까, 이걸 살까, 사지 말까' 등등 크 건 작 건 간에 우리들은 판단을 되풀이하며 삶을 이어가고 있다.

그 결과에 따라 행복해지기도 하고, 낙담하기도 하고, 기뻐하기도 하고, 후회하기도 한다. 이른바 울고 웃는 인생이다. 인생의 행 · 불행은 판단 여하에 따라서 반복되고 거듭되는 삶의 표현이다.

그러므로, 나중에 후회하지 않도록 자기 나름의 판단 기준을 확고히 정해 놓지 않으면 안 된다. 그 판단의 기준을 인생관이라고 말한다. 인생관은 종교적인 신념에 의해서 뒷받침 되어질 때 혼란이 적으며, 또한 확고한 종교적 열정과 신념, 그리고 사랑으로 뒷받침 되어있는 인생관에 의해 보다 더 깊은 감명을 받고 아름다운 삶의 모범을 보여주는 좋은 예가 된다.

대체로, 우리 인간은 '무엇이든지 다 자연의 섭리와 법칙에 따라 움직여지고 이론적으로 해명할 수 있다'고 단언하는 자연 과학자들일지라도 복잡한 삶 속에서는 자신감도 여유도 없다. 그러므로 종교에 귀의해서, 그 가르침에 따라 인생을 보다 더 풍부하고 행복하게 열매 맺고 싶어 하는 것은 당연한 욕망이다.

하지만 종교를 믿건 안 믿건 간에 우리의 인생은 양자택일, 즉 이렇게 할까 저렇게 할까 하는 선택과 판단의 연속이라는 점에서는 다 같다고 말할 수 있다.

*

인생의 목표

크든 작든 우리에게는 목표가 있다. 공동의 목표도 있고, 개인의 목표도 있다.

'목표란 달성하기 위하여 있는 것이다.'하고 큰소리로 장담하는 사람이 있는가 하면, 목표를 설정하지 않은 채 막연한 상태로 허송세월로 삶을 낭비하는 사람도 있다. 지금 우리 앞에 해결해야 할 과제도 목표이고, 어떤 기간까지 성취해야 할 골Goal도 목표이다.

공동의 목표이건, 개인의 목표이건 우선 목표를 세우는 것이 인생의 출발점이다.

관리자는 판단하는 직업이다

삶을 살면서 일을 생각하는 사람은 행복하다.
그에게는 다른 행복을 찾을 필요가 없다.
–칼라일

우리의 인생은 불확실한 요소들로 가득 찬 삶을 살고 있기 때문에, 매일매일 되풀이되는 판단과 선택을 좋든 싫든 간에 실천하지 않을 수 없는 숙명을 짊어지고 있다.

그러므로 자기의 장래에 대해서 자신이 책임을 지고 판단을 내리고, 그 결과를 감수하지 않으면 안 된다. 개인의 일상이라고 하더라도 한 집안의 가장으로서 가족의 운명을 선택해야 하는 위치에 놓이면 삶의 방식이 달라진다.

가장이 사업에 실패하여 은행의 대출금, 심지어 사채놀이하는 사람으로부터 돈을 빌려 썼다가, 한 푼도 갚지 못하게 되자, 일가족이 집단 자살하는 사건이 가끔 언론에 보도되고 있다. 참으로 가슴 아픈 일이다. 부모로서, 또는 가장으로서 판단을 그르친 결과에 의해 일가족을 죽음의 길로 몰아넣는 결과이기 때문이다. 하지만, 그런 경우일지라도 판단의 잘못이 영향을 미친 범위는 미약한 편이다.

기업이나 국가와 같이 큰 조직체의 책임자인 경우에, 그가 잘못 내린 판단의 영향은 이루 다 말할 수 없을 정도의 영향력을 준다.

특히 그룹의 총수, 한 나라의 수상, 또는 대통령의 그릇된 판단은 수천, 수만 명, 더 나아가 전 국민을 공포 속으로 빠지게 할 뿐만 아니라 인류를 파멸로 몰아넣을 수도 있다. 그만큼 조직화된 근대적인 경영체의 지도자 관리자의 판단 책임은 매우 크고 엄중해졌다.

조직론적으로 설명하면 조직의 관리자, 즉 매니저의 주요 임무는 판단 업무이다. 매니저는 판단력의 정확성이 높을 것으로 기대되어 그 자리에 임명되고 업무가 주어지는 것이다. 그래서 매니저는 판단업이라고 말할 수 있다.

매니저 즉, 관리자가 하는 일의 '관리'라는 것은 두말할 필요가 없지만, 그렇다면 관리란 무엇인가.

관리에 대한 정의는 여러 가지가 있으나, 가장 기본적인 사항으로서 분명히 해 두어야 할 것은 '계획하고 체크'하는 일이다.

관리는 흔히 계획(Plan) · 실행(Do) · 체크(See : check)를 되풀이하는 것으로 설명되고 있는데, 정확히 말하면 이렇다.

계획(Plan) → 계획 없이 시작해서는 안 된다.

실행(Do) → 계획대로 실행한다.

체크(See) → 계획에 의해 체크한다.

즉, 일체를 계획적으로 실천하는 것을 관리라고 정의할 수 있다. 이렇듯 계획이라는 것은 미래에 대해서 판단하고 행동 방침을 결정하는 일이다.

미래에 대해서는 '한 치 앞을 알 수 없다'는 속담도 있듯이 미지의 영역은 불확실한 요소로 가득 차 있다. 이렇게 알기 어려운 미래에 대해서 결단하지 않으면 안 되기 때문에 매니저는 중요한 임무를 담당하고 있다. 상당히 세련된 능력이 없으면 정확한 판단을 내릴 수가 없다.

하물며, 시대의 전환기에 직면하여 세계적으로 '불확실성 시대'라고 이야기되고 있는 오늘날에 있어서는 두말할 필요도 없다. 평상시보다 몇 배의 탁월한 판단을 내리지 않으면 매니저의 임무를 다해낼 수가 없는 시대라 할 수 있다.

*

삶을 지배하는 힘

당신이 인생을 변화시킬 수 있는 놀라운 능력을 알지 못하는 것은, 마치 자기 집 뒤뜰에 다이아몬드가 묻혀 있다는 사실을 알지 못하는 것과 같다.

평범한 인생을 보내는 사람들이 대부분이고 비참한 삶을 보내는 사람도 적지 않다. 그것은 자신이 지닌 능력을 깨닫지 못하고 활용하지 않기 때문이다. 당신은 자신의 인생과 더불어 투쟁하려고 하여서는 안 된다. 당신의 삶을 다스리도록 노력하라, 이 진리를 하루라도 빨리 깨달아야 인생의 길을 달려갈 수 있다.

우리가 자신의 인생을 최대한으로 활용하려면 먼저 삶을 이해해야 한다.

이 놀라운 힘은 어떤 특별한 훈련이나 교육을 필요로 하지 않는다. 소질도 필요로 하지 않는다. 부와 명성도 필요로 하지 않는다. 그 놀라운 힘은 신분과 지위를 막론하고 태어날 때부터 소유한다는 기적 같은 사실이다.

그러므로 당신은 이 놀라운 힘을 인정하고 받아들여 아낌없이 활용해야 한다. 그리고 하루빨리 성공의 무대에 올라서야 한다.

'운'은 과거의 판단에 의해서 만들어진다

인생은 고통이며 공포이다. 그러므로 불행하다.
그러나 인간은 이 순간에도 자신의 삶을 사랑하고 있다.
그것은 고통과 공포까지 사랑하기 때문이다.
– 도스토예프스키

인생에는 우연으로 가득 차 있고, 사람의 지혜가 미치지 못하는 곳에서 놀라운 일이 이루어지는 예가 적지 않다. 사람들은 이것을 운運이라고 한다.

운이라는 것은 화가 바뀌어 복이 되기도 하는 세상사가 덧없음을 느끼게 한다. 사람들은 운이 좋다며 기뻐하고, 운이 나쁘다고 한탄하기도 하며, 한편으로는 행운이 와 주었으면 하는 간절한 마음으로 신에게 기도한다.

인간은 태어날 때부터, 아니 태어나기 전부터, 이미 그 운명이 정해져 있다고 보는 견해가 있다, 이것을 '운세'라고 말하는데, 오늘날에도 운세를 판단하는 점장이들이 성업 중이다.

잘 생각해 보면 점괘나 점성술, 트럼프 따위에 의존해서 복잡한 인생행로를 알아낸다는 것은 우스운 행위같이 생각되는데도, 옛날부터 점장이는 번성했고,

오늘날에도 성업 중이며, 신문 · 잡지 · 방송 및 출판에서도 하나의 달러 박스로 예견되고 있다.

자기의 인생을 자기 스스로 판단하려 하지 않고, 완전히 일면식도 없는 점장이에게 판단해 달라고 하는 것은 이상한 일이긴 하지만, 그렇게 하지 않고서는 견디지 못하는 인간의 약한 면이 있는 것도 사실이다.

실제로, 어떤 당당한 경영자가 경영상의 어려움에 부딪혔을 때에 적절한 판단을 내리지 못해서 점장이한테 많은 돈을 지불하며 운세 판단을 해 달라고 찾아간다는 사실이 놀랍다.

그건 그렇다 치더라도, 판단력에 대해 생각해 보기로 한 우리의 입장에서는, 도대체 '운'이란 것은 무엇일까.

옛부터 『역경易經』을 비롯해서 인간의 운명 · 운세, 그리고 점에 대해 언급한 책자는 수없이 있으므로 그 모두를 이야기할 수는 없지만, 여기서 설명해 볼 수 있는 데까지 열거해 보기로 한다.

인간의 생애에는 확실한 미지의 부분, 불확실한 부분이 많고, 언제 어떤 곳에서 불의의 재앙을 당할지 예측할 수가 없다. 이것은 확실하다. 그렇다고 해서 일체를 운에 맡겨 버린다는 것은 지혜롭지 못한 생각이다.

자신의 운명을 알 수 없다고 하더라도 전혀 알 수가 없는 것은 아니다. 예를 들어 교통사고에 대해 말하면, 속도가 빠를수록 그만큼 위험이 많아질 것은 자명하다. 그러므로 그 위험을 최소한으로 줄이기 위해서는 미리 여러 가지로 대책을 세우는 것은 예방법이다. 충분히 점검 · 정비하고 비 오는 날이나 야간, 피로할 때에는 속도를 낮춘다. 충돌해도 부상을 적게 입도록 안전벨트를 하고 순간적으로 부풀어 오르는 안전 쿠션을 준비하는 등의 안전 대책을 충분히 세운다.

옛부터 흔히 쓰이는 '사람의 할 일을 다 하고 천명天命을 기다린다'는 말은 바로 그런 것을 뜻한다.

천명이란 것은 운이며, 사람의 할 일을 다 한다는 것은 생각할 수 있는 것, 예상할 수 있는 것을 다 해 놓는다는 의미이다. 그러고 보면 행운이란 것은, 그때까지 여러 가지 과거의 판단에 대한 결과, 가상할 수 있는 일에 대해 미리 준비해 온 결과에 의해 초래되는 것이다.

그러므로 운이 나빴다는 경우라면, 대체로 자신의 삶에 게을렀던 탓이라 말해도 좋다.

행운 · 불운의 대부분은 우연한 것이 아니라, 인위적인 본인의 노력, 즉 인생에 대한 판단의 정확성에 의해서 결정된다는 것을 강조해 두고 싶다.

*

육체적 고통은 정신으로 치유할 수 있다

살아가노라면 고통은 피할 수 없고, 막을 방법도 없다. 하지만 마음먹기에 따라 모든 고통을 어느 정도는 조절할 수 있다.

옛날의 성인들은 일부러 고통을 찾아 맞서기도 했다. 힘을 주면 육체는 강해진다. 그러므로 정신에도 힘을 주어야 한다.

우리가 가지고 있으면서 기른 용기, 결심, 긍지 등을 무엇에 쓸 것인가?

고통이 없다면, 그것들은 의미가 없다. 인간의 본성에서 가장 강력한 것은 정신력이다. 육체의 힘과 정신의 힘이 한데 합쳐지면 그 강도의 힘은 어떠한 것으로도 막을 수 없다.

한 가지 일, 한 가지 문제에 전력투구하는 사람 앞에는 어떤 장애물도 가로막지 못한다.

새와 벌레의 눈은 상승효과를 노린다

강을 거슬러 헤엄치는 자가 강물의 흐름을 안다.
—월슨

사물을 관찰하는 데는 거시적巨視的인 것과 미시적微視的 두 가지가 있다. 예를 들면 독수리의 눈과 개미의 눈의 차이라고 말해도 좋다.

독수리가 하늘에서 내려다보는 것처럼 높은 곳에서 대국적으로 판단하는 것을 거시적 판단, 개미가 땅바닥을 기면서 보듯이 아주 작은 것을 현미경으로 보며 판단하는 것을 미시적 판단이라고 부른다.

판단에 있어서는 가능한 이 두 가지를 통일적으로 행하는 것이 바람직하다. 그 어느 쪽에 치우쳐도 착오가 생기기 때문이다. 사물은 거시적으로 보지 않으면 잘 알 수가 없는 경우도 있고, 반대로 미시적으로 보지 않고서는 전연 알 수가 없는 경우도 있다. 그러므로 이 두 가지가 균형을 이룬 판단이 바람직하다.

지식인들은 대체로 거시적인 견해의 판단을 좋아하며, 그것이 상위의 고상한 방법이라고 착각하고 있다. 확실히 사회적인 지위가 향상될수록 그가 요구받는 판단은 거시적으로 된다. 그러나 거시적일수록 추상적인 것으로 되고, 현실과는 멀어져 버린다. 그것이 판단을 그르치는 원인이 된다.

'눈물과 함께 빵을 먹어본 사람이 아니면 인생을 알지 못한다'란 말은 참으로 명언이다.

정의로운 영웅, 참된 지도자는 대담하면서도 세심하고, 남의 눈에 잘 띄지 않는 유능한 부하에 관한 모든 것을 잘 파악해서 적절한 판단을 내린다. 그런 행위에서 높은 품격의 인간미가 생겨나는 것이다.

실제로 훌륭한 경영자 중에는 창고나 수위실과 같이 별로 중요하지 않은 듯한 곳에서 일하는 사람들을 찾아가 이야기를 나누는 예가 흔히 있다. 큰 기업체일수록 그런 중요하지 않은 부서에서 일하는 사람들의 눈이 의외로 냉정하고 정확히 기업의 문제점을 잘 파악하고 있는 경우가 있기 때문이다.

유명한 통치자 중에도 즐겨 농민을 찾아가 얘기를 나누고, '확인(인간의 감각으로 직접 식별할 수 없는 크기의 것)해 보지 않은 자에게는 말할 권리가 없다'라고 말한 유명인도 있다.

*

하루를 짧고 빨리 보내는 방법

아침부터 퇴근 시간까지 하루를 짧고 빠르게 보내는 좋은 방법이 있다. 그것은 상사의 눈을 속여서 15분가량 늦게 출근한다든가, 15분 일찍 퇴근한다는 부정 행위가 아니다. 또

점심시간을 5분가량 더 사용하는 약아빠진 행동도 아니다. 그런 부당한 마음을 가졌다면 하루가 더 길게 느껴질 것이다.

지혜로운 직장인은 노동시간을 짧게 하고, 자기가 하고 있는 일에서 지루함을 없애는 가장 효과적인 방법을 알고 있다. 즉 자기 일을 휴가를 보내는 것처럼 즐긴다는 것이다.

프로의 판단력 훈련 방법

자기의 운명을 짊어질 수 있는 용기를 가진 자만이 영웅이다.
– 헤세

거시적 · 미시적 판단이라는 말에서 생각나는 것은 프로의 판단력 트레이닝 방법이다.

프로 중에서도 프로라고 일컬어지는 바둑의 세계에서 명인名人이 된 사람들이 그 스승 밑에서 어떤 식으로 자랐는가를 알아보면, 우리가 흔히 생각했던 것과 아주 다르다는 데 놀라게 된다.

어떤 명인이든 명수名手이든 간에 그의 스승과 1대 1로 대국을 하면서 가르침을 받았다는 예가 거의 없기 때문이다.

그렇다면 제자로 입문해 있으면서 대체로 무엇을 하고 있었을까. 그가 한 일은 혼자서 정석定石을 배우며 선배나 스승이 바둑을 두는 것을 조용히 옆에서 지켜보고 급소를 알아두었던 것이다.

즉, 미시적은 혼자 배워 익히는 것이고, 거시적은 옆에서 보고 배우는 자기 훈련이다.

자신이 직접 대국하는 경우보다도 옆에서 거시적으로 지켜보는 경우에 훨씬 더 급소를 알게 된다. 그러나 잘 알았다고 해서, 그 수를 흉내 내어 실천해 보면 생각처럼 잘 풀리지 않는다. 프로기사들이 50수 내지 70수를 내다보고, 한 수 한 수를 두는 것은 바둑의 세계를 아직 다 터득하지 못했기 때문이다.

국후에 다시 기보를 검토하는 것은 그렇게 함으로써 미시적의 의미를 거시적으로 파악하며 성장하기 위함이다. 이렇게 충분한 시간을 들여가며 철저하게 자주성을 중히 여기는 여유와 인내가 지금의 학교 교육은 물론 기업 육성에 결여되어 있는 것이 참으로 유감스러운 현상이다.

앞에서 '내다 본다'고 한 말은, 다름 아닌 판단을 가리킨 것이다. 천문학적인 숫자만큼 많은 갖가지의 묘수 중에서 가장 좋은 수를 생각해 내기 위해 허용된 시간을 철저히 이용한다. 1시간 정도의 장고長考는 당연한 것이다. 프로 중에는 6시간 40여분(최장 기록)이나 꼼짝 않고 심사숙고했다는 믿어지지 않을 정도의 프로기사도 있다.

요즘의 젊은이들은 어떤 한 가지 일을 5분간, 길어 보았자 15분 정도밖에 생각하지 않는다고 한다. TV나 라디오의 3분 내지 5분 짜리의 토막 프로들, 길어야 10분 내외의 프로들에 길들여져 있기 때문인지도 모른다.

그러나 프로일지라도 오랜 시간 동안 생각에 잠겨 있다고 해서 꼭 훌륭한 판단이 내려지게 되는 것은 아니다. 앞에서 말한 바와 같은 '정석'에 뛰어난 선배들이 고심해서 생각하여 남겨준 가장 효과적인 선례를 될 수 있는 한 머릿속에 잘 새겨 넣은 다음에는, 그것을 기초로 해서 자기 나름의 새로운 수를 창조하는 데 노력한다.

비즈니스맨들도 마찬가지다. 선배나 상사 또는 전 세계의 사업자들이 남긴 비즈니스의 정석을 될 수 있는 대로 습득하고 배워서 소화한 다음 그 위에서 새로운 선택과 판단을 창조하는 것이 프로가 되는 지름길이다.

*

두뇌의 힘을 키운다

1. 마음은 우리가 알지 못하는 놀랄만한 능력을 갖고 있다. 성공하고 싶다면 그 능력을 어떻게 효과적으로 사용할 수 있는지에 대해 연구해야 한다.

2. 세 가지 단순한 원칙이 사고와 성취를 동등하게 만들어 줄 것이다. 특히 중요한 무형적 요소를 파악한다면 많은 사람들이 얻지 못한 힘을 얻게 될 것이다.

3. 몇십억 개나 되는 당신의 두뇌 세포들이 사고력과 창의력과 의지의 패턴을 형성한다.

4. 많은 사람들이 부를 원하지만 부를 얻을 수 있는 계획을 세우는 사람은 거의 없다.

권한과 책임은 판단에서 생긴다

행복이란 자기 자신에게 뿌리지 않고서는 남에게
줄 수 없는 향수와 같은 것이다.
–에머슨

앞장에서 정석의 중요성을 강조했는데, 무조건 정석을 따르기만 해서는 효과를 기대할 수 있는 진전이 없다. 자기 나름의 새로운 수를 생각해 내지 않으면 프로라고 말할 수가 없다.

비즈니스의 세계에서도 마찬가지다. 비즈니스의 경우에 정석은 여러 규칙 · 전례 · 관습 · 매뉴얼 등의 형태로 존재한다.

이런 것에 충실하는 일은 누구나 할 수 있으며, 오직 '실천'에만 의존한다면 단순한 작업원이나 사무원에 불과하다. 이른바 평범한 직장인이지 관리자는 아니다.

실제로 직함은 그럴싸하면서도 행하고 있는 일은 전례에 따르는 것뿐이며, 새로운 업무에는 겁을 먹은 나머지 자기의 주체성에 입각해서 도전하려고 하는 창의성이 결여된 매니저는 상상 외로 많다.

이와 같은 소극적이고 창의성이 없는 관리자는 감원의 대상이다. 이런 인물은 조직에 있어서 오히려 마이너스 존재이기 때문이다.

대개 관리자에게 직무 권한이 주어지는 것은, 새로운 것에 도전하고 판단하고 창조하기 위해서다. 새로운 것은 불안정하고 위험성도 크다. 그러므로 정확한 판단을 해주는 인물이 필요하고, 그 판단을 주체적으로 내리도록 직무 권한이 주어지고 있는 것이다. 권한이란 판단하기 위한 힘이다.

이처럼 판단하고 결단하고 결정하는 데에서 또한 책임도 이루어진다. 판단 없이는 책임도 없다. 판단하지도 결단하지도 못하는 자에게는 권한도 필요 없고, 또한 권한을 줄 필요도 없다.

그러한 판단력(책임 능력)이 있는 인물에게 더욱 더 중요한 업무가 집중되고, 따라서 보다 더 큰 권한이 주어지도록 하지 않고서는, 어떤 기업도 발전할 수 없다.

*

꿈은 열매를 맺는다

토머스 에디슨은 전등 발명을 꿈꾸었다. 그 꿈을 실현시키기까지 얼마나 많은 실패를 거듭하였던가, 그럼에도 불구하고 전등을 발명하기까지 꿈을 버리지 않았다.

라이트 형제는 하늘을 나는 기계를 만들겠다는 꿈을 가졌다. 그것이 지금의 공중여행을 실현시켰다. 라이트 형제의 꿈은 건전한 것이었다. 현실에 입각한 꿈을 꾸는 사람은 결코 단념하지 않는다.

올바른 판단을 내릴 때 새로운 세계가 열린다

내일을 위한 최선의 준비는
오늘의 일을 가장 훌륭하게 하는 것이다.
–오슬러

판단을 내리면 책임을 지게 된다. 그래서 마음 약한 사람은 관리자가 되기도 전에 겁부터 먹는다. 당연한 일이다. 그러나 잘 생각해 보면 판단을 내리지 못하거나 질질 끄는거나 남에게 미루는 것도 하나의 판단이고, 좋든 싫든 간에 결과적으로는 책임을 져야 한다는 것은 명확한 사실이다.

책임을 회피하면 그 사람의 권위는 떨어지고, 평가는 낮아지고, 자신의 장래에 대해서 스스로 길을 좁혀 놓거나 막아버리게 된다는 사실이다. 그 당시에는 그런 결과가 뚜렷하지 않더라도 긴 안목으로 보면 피할 도리가 없는 결과가 된다.

당장에는 눈에 보이지 않고 장부에 기재되지도 않지만, 커다란 기회의 손실이 생긴다. 회계적으로는 계산되어 있지 않더라도 인생이라는 큰 장부에는 명료하게 기재되는 것이다. 이것은 사람들의 잠재의식 속에 기록되어서 그 사람에 대한 지지나 평가를 최종적으로 결정해 버린다. 참으로 무서운 일이지만, 이것이 인생의 모습이다.

'판단을 주저하는 자에게는 장래가 없다.' 이 말을 책임자 위치에 있는 사람들은 마음 깊이 새겨 두지 않으면 안 된다. 물론 독단 전횡이나 망단이어서는 곤란하다.

개인 사업의 경영도 시운時運에 편승하고 있을 때는 괜찮지만, 성공을 거둔 뒤 노년에 이르러 판단력이 떨어졌을 때 중요한 경영상의 판단을 그르쳤을 경우에, 기업은 위태로운 상태에 놓인다. 이 경우 후계자의 선정에 결정적인 잘못을 범하게 된다.

황제 나폴레옹도 최후의 운명을 건 워털루 싸움에서 결정적인 판단을 그르쳤다.

그날 아침 전선을 둘러본 나폴레옹은 전날 밤의 비에 길이 젖어 있는 것을 보자, 그런 상태에서는 포차砲車가 자유롭게 움직이지 못한다고 판단해서, 공격 개시 시각을 몇 시간 늦추도록 작전명령을 내렸다.

나폴레옹은 포병 출신이었고, 포병에 의해서 일세를 풍미했던 만큼 포격전을 중시했던 것이다. 그러나 당시 그의 판단은 잘못되어 있었다. 공격을 늦추고 있는 사이에 상대방 영국군에는 증원군이 도착해서 형세가 역전되어 나폴레옹은 참패해 버렸던 것이다.

만일, 그 싸움이 두 시간 일찍 개시되었더라면 나폴레옹의 승리는 확실하였고, 역사는 달라졌을 것이라고 전사가戰史家들은 분석하고 있다. 그러나 이미 끝나 버린 역사의 뒤안길로 사라져 버린 과거의 일이다.

이 교훈은 다음과 같은 사실도 가르쳐 주고 있다. 즉, 인간은 가장 자신하고 있는 것에 의해 명성이 높아질 수 있는가 하면, 또한 가장 자신하고 있는 것에 의해 실패하는 경우도 많다는 것이다. 그래서 재주 있는 사람은 재주로 망하고, 꾀 많은 사람은 꾀로 망한다는 말이 나온 듯하다.

*

지금 행복하지 않으면 내일을 기다릴 필요가 없다.

초조해하지 말고 당황하지 말라.

오늘 하루의 일에 최선을 다하라.

잠시 기다리는 것이 인생에는 중요하다.

어떤 사람은 너무나도 지나치게 조급해 하며 살기 때문에 비극을 만난다. 보통 사람들은 그 발상이나 스피드를 따라잡지 못해서 비극적인 결말을 맞이한다.

'서두르는 것도 좋고, 쉬는 것도 좋다.'는 각오가 중요하다.

판단력은 인재의 결정적 요건이다

인생에서 기회가 적은 것은 아니다. 그것을 볼 줄 아는 눈과 붙잡을 수 있는 의지가 부족할 뿐이다.
–스탕달

판단력의 기본이라고 생각되는 것을 여러 가지 예를 들어 설명해 왔는데, 이를 한 마디로 간추리면 인생은 좋든 싫든 간에 판단과 선택의 연속이라는 것이다. 따라서 이점을 충분히 납득하고 있으면서 적절한 판단을 내릴 수 있는 사람이 뛰어난 리더이고, 이러한 인물이 가장 기대되는 모범 직장인이라는 것이다.

즉, 인재란 탁월한 판단을 할 수 있는 인물이라고 바꾸어 말할 수가 있다. 결단력이야말로 인재의 결정적 요건이라고 말해도 좋다. 세상이 혼란하고 불확실할수록 쾌도난마快刀亂麻와도 같은 판단력이 크게 요구된다.

그렇다면, 구체적으로 어떠한 판단력을 발휘할 것인가에 대해서는 다음의 장에서 살펴보기로 하고, 이제까지 말한 것 이외에, 달리 판단력을 생각하기 위한 기본에 대해서 약간 보충설명을 해 보고 싶다.

그 하나는 판단에 대한 상대적인 견해라는 것이다. 즉, A에 있어서는 별로 대수롭지 않은 사소한 판단이더라도,

B에 있어서는 매우 중대한 경우가 적지 않다.

예를 들어 신입사원 채용시험 중의 면접과 같은 경우에 다수의 응모자가 차례로 응시장에 들어왔다 나갔다 하므로 담당자는 진절머리가 나고 지쳐 버려서 매우 대략적인 판단으로 채용 여부를 결정하는 폐단을 범하는 경우도 있다.

그러나 응모자들에게 있어서 일생을 좌우하는 중대한 일이므로 그 담당자의 판단은 매우 중요하다. 또한 그 채용 여부가 기업체의 흥망을 좌우하는 경우가 될 수도 있기 때문이다.

다수의 판단은 평균화되기 쉽고 심사원의 구미에 맞지 않는 개성적인 인물은 불합격되거나 아니면 합격되더라도 점수가 낮게 평가된다.

인물을 판단하는 데에는 넓은 안목이 필요하다. 자칫하면 성급한 판단을 내리기 쉽고, 이것이 상대를 망쳐 놓을 뿐 아니라 조직 전체까지도 어둡고 침체된 분위기에 빠뜨리는 일이 흔히 있다. 이것도 판단을 내리는 책임을 가진 자에게 있어서는 세심한 배려로 생각해 보지 않으면 안 될 의무이다.

*

성공자와 실패자의 차이

승자는 실수했을 때 "내가 잘못했다."고 말한다.
패자는 실수했을 때 "너 때문에 이렇게 되었다."고 말한다.

승자는 “예”, “아니오”를 확실히 말하고
패자는 “예” “아니오”를 적당히 말한다.
승자는 어린아이에게도 사과할 수 있으나
패자는 노인에게도 고개를 못 숙인다.
승자는 넘어지면 일어나 앞을 보고
패자는 넘어지면 일어나 뒤를 돌아본다.

제 2 장

“마음속에 있는 미래를 판단한다”

목표 관찰이 판단력 향상의 기본이다

행복의 한쪽 문이 닫히면 다른 쪽 문이 열린다.
그러나 우리는 문을 오랜 동안 보기 때문에 우리를 위해
열려 있었던 문을 보지 못하는 것이다.
—케리

판단력이란 '분별'이라는 말이 정리된 낱말인데, 요컨대 잘 분간한다는 의미를 가지고 있다. 미묘한 차이, 섬세한 감정의 변화 같은 것을 알아채는 능력이 첫 번째의 원점으로 그 출발점이다. 즉, 분간 분별하는 감수성이 중요하다는 뜻이다.

그러나 분간하는 이 감수성이라는 감정은 대상에 대한 관심, 흥미가 강하지 않으면 생기지 않는다. 절실감라고 단정해도 좋다.

이것은 음악의 예를 들어 생각해 보면 알 수 있다. 중년이나 노년에 이른 사람들에게는 젊은이들이 좋아하는 음악은 모두가 똑같은 소음으로밖에 들리지 않는다. 라틴 음악이라고 하면 삼바나 룸바, 보사노바도 모두 같은 리듬으로 들린다.

반대로 젊은이들에게는 재래의 음악이 잘 구별되지 않고 다 같게 들린다. 그러므로 강조해 두고 싶은 말은 목표로 삼은 내용에 대해 끊임없이 깊은 관심을 가지라

는 것이다. 그것도 의무 때문만이 아니라, 진심으로 좋아하게 되는 열정이 중요하다. 좋아하게 되면 '좋아서 하는 일이 곧 숙달하는 길'이라고 하듯이, 그 일에 통달하면 베테랑이 되는 것은 당연한 결과이다.

성공한 사람이나 특정 책임자의 판단력에 대해서도 꼭 같은 말을 적용할 수 있다. 판단력의 첫째로 꼽을 수 있는 정세 판단에 있어서 정세의 다양한 변화에 흥미를 느낀 나머지 미래의 일을 알아내고 싶다는 생각을 갖는다면 바람직한 태도이다.

앞으로 설명할 여러 가지의 판단력 강화술强化術에 공통되는 문제점은, 어떤 대상에 대해 깊은 관심을 가지고 부단히 세심하게 관찰하는 것이 능력의 육성 · 개발을 기본 중의 기본이란 점에 유의해야 한다.

그런데 정세의 변화가 너무 심해서 눈이 돌 지경이 되면 오히려 불감증이 되어 감수성이 쇠퇴하는 경우도 생긴다.

어느 미술가는 서울이나 뉴욕은 너무 변화가 심하고 끊임없이 변신을 하고 있으므로 삶의 감각이 마비된다고 한다. 그런 이유로 가끔 인도로 여행을 떠나 올드델리 등지의 조용한 호숫가에서 요가를 하며 명상에 잠긴다고 한다.

인도는 한국이나 미국과 달라서 시간이 정지해 버린 듯 변화가 없는 나라로 시간을 초월한 태고의 신비를 느낀다고 한다.

그곳에서 잠시 머물고 나면 이상하게도 감수성이 매우 풍부하게 되어 변화가 없는 것 같이 보이는 광활한 하늘의 구름에 감동하기도 하고, 정적 속에서 튀는 물고기의 소리에서 어떤 계시를 받게 된다는 것이다.

어쨌든 평소의 세심한 관찰력을 강화해서 변화에 대한 감수성을 높이는 것이 판단력 육성의 첫째 요건이라고 말할 수 있다.

*

변화하는 사회에서 적응력을 키워라

환경의 변화에 따라 자신을 변화시켜 나가는 사람은 성공할 수 있다. 따라서 주변 사람들이나 주변에서 일어나는 사건들과 자신의 관계를 이해할 필요가 있다. 즉, 환경에 적응할 수 있느냐 없느냐가 승자와 패자를 가르는 지름길이다.

자신을 변화시키면서 적응하는 능력은 몸과 마음의 건강을 지키기 위해 반드시 필요한 요소이며, 서로 간에 신뢰를 유지하기 어려운 이 세상에서 살아남기 위한 중요한 삶의 열쇠이다.

나뭇잎이 떨어지면 가을이 온 것을 안다

자신감을 가지려는 것은 인생을 적극적인 면에서
포착하려는 의미다.
–빈센트

'잎이 떨어지는 것을 보고 천하의 가을을 안다'

중국 한漢나라 회남왕淮南王이 편찬했다는 도가道家의 서책인 『회남자淮南子』에 나오는 말이다. 권세를 휘두르던 영웅의 멸망에도 반드시 전조가 있으니 이를 빨리 알아채는 자가 다음번 패자로 올라설 수 있다는 뜻이다.

사람이 죽을 병에 걸리면 얼굴빛이 이상해지고 목소리가 변하게 된다. 마찬가지로 기업체나 국가 조직 등에는 반드시 변화의 징후가 있기 마련이다.

이런 전조의 판단을 가장 훌륭히 연구하고 있는 곳은 CIA, KGB를 비롯한 세계의 정보기관들이다. 일반 사람들은 CIA나 KGB라면 007 영화에서 본 멋진 스파이 활동을 연상하겠지만, 실제에 있어 그들의 활동은 대부분이 아주 은밀한 정보를 분석하는 일이다.

대부분의 시간과 에너지와 코스트는 널리 간행되고 있는 신문·잡지 정부 간행물이나 매일 방영되고 있는 텔레비전과 라디오의 정보 분석에 쓰이고 있다. 이 많은 뉴스들을 세밀하게 분석함으로써 상대국의 미묘한 변화를 감지하는 것이다.

그 대표적인 예는 「차이나 워쳐China Watcher(홍콩의 정보기관)」라고 불리우는 사람들인데, 「인민일보人民日報」「홍기紅旗」「광명일보光明日報」 및 베이징北京 방송, 상하이上海 방송 등 중국의 신문·방송에 온 신경을 기울이며, 그곳 요인들의 소식이나 투쟁의 변화를 감지해서, 중국의 내외정책을 미리 알아내려고 노력하고 있다.

반대로 이란 팔레비 국왕의 실각이 너무도 빨랐기 때문에 무너질 것을 감지 못했던 CIA의 정세 판단상의 오류는 한때 미국 내에서도 문제가 되었다. 그런 가운데 한편으로 팔레비 국왕이 서독과 손을 잡고 핵에너지 개발에 힘을 기울이기 시작했기 때문에 미국과 소련이 힘을 합하여 재빨리 타도한 것이라고 하는 풍문도 그 당시에는 떠돌았다.

그 진상은 언제인가는 밝혀지겠지만, CIA 이상으로 호평을 받는 종합상사의 정보력, 정세 판단력도 곳곳에서 잘못을 범하고 있다. 그만큼 정보 입수 판단은 어려운 일이라고 말할 수 있을 것이다.

우리들의 현실은 거대한 국가 조직인 CIA나, 세계기업의 종합상사에는 아에 따라갈 수 없을 만큼 미미하다. 그러나 세계적인 정보 시스템인 이들 대조직의 정세 분석 수법은 받아들일 수 있고, 또한 적극적으로 받아들여야 하는 욕구도 필요하다.

주의 깊게 신문을 읽고 중요하다고 생각되는 것은 스크랩하여 앞뒤를 비교해서 변화의 전조를 파악하는 훈련은 판단의 동기를 부여한다.

한편 신문이나 잡지도 될 수 있는 대로 여러 가지를 비교해서 읽는 게 좋다. 좀 더 관심을 보인다면 업계나 지방에서 간행되는 신문·잡지에 특별한 뉴스가 실리는 일이 있다. 기사를 쓴 기자 자신도 미처 알지 못하는 중요한 전조가 훈련된 사람의 눈에 띄면 수집된다.

신문을 주의 깊게 읽는다는 것은 성공을 목표하는 사람이라면 필수불가결한 것이다.

*

휴식을 취하면서 자신감을 찾는다

마음의 안정을 얻으려면 먼저 육체를 편안하게 해야 한다. 가벼운 달리기나 줄넘기, 요가 등의 운동을 통해 매일 땀을 흘리면 상쾌해질 것이다. 특히 감정적인 성격을 지닌 사람은 깊은 심호흡 운동을 권하고 싶다.

기분이 울적하면 무슨 일이든 감정적으로 처리하기 쉽다. 피로가 쌓이지 않도록 자신의 장점을 살려 스스로 삶의 방향을 찾아 주위를 살펴볼 여유를 가져야 한다.

사안을 꿰뚫어 보는 천리안적 판단력

성공을 원하는가?
그렇다면, 이미 개척해 놓은 성공의 길이 아니라
그 누구도 가 본 적이 없는 새로운 길을 찾아 나서야 한다.
–R. 과머스톤

신문을 활용해서 정세를 바르게 판단하는 능력에 대한 이야기가 나온 김에 신문을 읽는 방법에 대해 좀 더 설명해 보기로 한다.

정세 판단의 베테랑은 신문 기사를 밑에서부터 읽는다는 말이 있다. 앞으로 톱 뉴스가 될 사건의 전조가 아래쪽 1단짜리 기사에서 시작되는 일이 많기 때문이라는 것이다.

큰 제목, 톱 기사로 된 정보는 이미 새 소식이 아니라 구문이라고 말하는 사람도 있다. 그런 것을 보고 황급히 행동을 개시한다면 상황을 예견하고 있었다는 평을 받지 못한다. 중요한 뉴스인데도 1단 정도의 조그마한 기사로밖에 다루어지지 않는 것은, 아직 그 내용이 불확실하고 진위가 밝혀지지 않아서, 크게 취급하기가 꺼림칙한 것이기 때문이다.

몇 년 전에 이런 일이 있었다. 석유 쇼크 때문에 온 세계가 파랗게 질려 있을 때인 데, 영국 소식통의 보도에 해상보험회사가 석유 탱크의 적재율을 조사한 바, 어느 것이나 가득 차 있는 현황으로 보아 생산량은 전보다 점차 늘어나고 있다는 내용의 조그만 기사가 신문에 실리게 되었다.

영국은 오래전부터 첩보 활동에 정평이 나 있는 데다가, 북해 유전 발굴에 성공하기 직전이었으므로 산유국들을 냉정하게 대할 수 있는 입장에 있었다. 석유의 생산과 적출이 20~30% 줄어든다는 언명이나 풍문 때문에 모두가 당황하고 있을 때 보험회사를 통해 그 실태를 알아본 것은 선진 영국의 보도기관답다고 감탄할 만하다.

그러한 보도가 나가자 곧 석유 파동에 대한 풍문이나 광란이 걷히면서 세계의 산업과 경제가 붕괴될 것이라는 공포감도 진정되었다. 앞질러 보는 눈이 있는 사람은 1단짜리 기사를 통해서 진상을 꿰뚫어 보고, 석유 품귀 현상을 틈타서 팔기를 꺼리거나, 사재기를 하고 있던 자들의 허를 찔러 그들보다 앞질러서 한밑천 잡는 놀라운 수를 썼다.

최근에는 정보를 얻기 어려운 것이 중국의 4인방 추방 이후 옛 간부들이 등장하여 활동하고 있는데, 그 중의 거물로 진운進雲이 있다. 이 사람은 규율위원회 주석이 되었다는 뉴스는 짤막했으나 중요한 뉴스였다. 과거에 모택동이 쥐고 있던 강력한 권력을 차지한 포스트이기 때문이다.

진운은 새로운 실력자라는 급부상에 그 조그마한 뉴스가 일본·중국 간의 무역 전도에 그토록 큰 영향을 미치리라고는 누구도 예상할 수 없었을 것이다.

정세 판단의 프로가 되기 위해서는 그처럼 조그마한 1단 기사 속에 숨어 있는 중요한 사실이나 변화를 투시하는 천리안적인 능력을 기를 필요가 있다.

신문 기사를 잘 읽어보면 어떤 큰 변화가 일어났을 때, 이미 작은 토막 기사에서 그 싹이 엿보이던 것을 돌이켜 보게 되어 정신을 바짝 차리지 않으면 안 되겠다는 반성과 함께 이런 경험을 되풀이하는 가운데 점차적으로 직감에 의한 판단력이 강해지게 된다는 것을 알 수 있다.

*

성공한 사람은 시간을 경영한다

영국의 사상가 아놀드 베네트는 아침 시간의 경영을 가능하게 하려면 모든 것을 하루아침에 이루려고 하지 말라는 충고를 한다.

아침을 경영하는 방법에 특별한 것은 없다. 건강한 육체와 정신을 만드는 토대를 아침에 다지는 것, 단 몇 분만이라도 자신만의 시간을 만들어 경영에 필요한 지식 소양과 전문성을 키우면서 사생활의 절도와 건강을 살려 나가는 것이다.

이러한 자세가 하루를 경영하는데 큰 자신감이 되고, 이런 아침이 모이면 달라진 자기의 인생을 발견할 수 있다는 것이다.

병이 나기 전에 약을 먹는 예방적 판단력을 갖춰라

사람은 반드시 자신을 위하는 마음이 있어야만 비로소 자기 자신을
이겨낼 수 있고 자신을 이겨낼 수 있어야만
비로소 자기를 완성할 수 있다.
–왕양명

어느 제약회사가 '재채기 세 번 ○○세 알'이라는 CM송이 있었다. 재채기는 감기의 전조이니 빨리 약을 먹어서 예방하라는 광고였다.

감기는 모든 병의 근원이라고 하거니와 감기를 우습게 여겼다가는 병을 키우는 결과를 초래한다. 감기 치료를 소홀히 했더니 전신이 마비되는 이상한 병에 걸렸다는 사람도 있다. 예방 판단이란 것은 그러한 예를 보더라도 매우 중요하다.

기업의 경우에도 그와 같은 재채기 비슷한 전조가 흔히 있다.

경영자가 창시한 통계적 품질 관리의 수법은, 그러한 전조를 재빨리 발견해서 불량품의 발생을 미연에 방지한다는 점에서 매우 전형적인 관리 시스템이다. 이에 의해 선별검사를 행한 데이터의 점선 모양을 보아 불량품이 나오기 전에 공정의 이상을 발견하고 사전

조치를 취할 수가 있다.

뛰어난 기업은 사소한 정보에 민감하여, 그것을 수집하면 상대 라이벌보다도 먼저 대책을 세워서 영업에 활용할 수 있다.

대형 백화점이 사원 교육에 철저한 예를 보면, 가령 손님으로부터 "이런 상품은 없습니까?"하는 질문을 받게 되면 그냥 "없습니다."라고 잘라 말하지 않고 그것을 중요한 상품 정보라고 생각해서, 일종의 품절된 물건으로 간주하고 담당 부서에 연락하도록 하는 습관을 붙이고 있다. 그런 대수롭지 않은 일도 라이벌을 리드하는 상품 구비의 힌트가 되기 때문에 결코 소홀히 여기지 않도록 해야 하는 마케팅 전략이 숨어 있다.

마찬가지로 클레임(손해배상 청구)은 아무리 사소한 것이더라도, 오히려 사소한 것일수록 중요한 정보로 취급하여 소중히 모으고 분석을 해서 지급 대책을 취하는 것이 격렬한 경쟁에서 이기는 결정적인 방법이 된다.

재채기나 미열을 소홀히 여기지 않고 만전을 기하는 것, 이것이 예방으로 기업을 신장시키는 판단력이다.

공장의 안전관리에서도 최근에는 위험 예지 훈련을 강화해서 성과를 올리고 있다. 찰과상 정도의 상처일지라도 그 배후에는 몇백 배 되는 위험이 기다리고 있으며, 그것을 한 걸음 더 진전시켜서 찰과상을 입지 않았더라도 놀랐을 정도의 상처를 입은 것과 동일시하며, 즉시 대책을 세워 재해를 예방하는 안전관리는 진보된 기업경영이다.

*

기업가의 신조

1986년 미국 기업가협회는 기업가의 신조를 발표하였다. 이는 기업활동에 참여하고자 하는 모든 사람들에게 용기 있는 선언문이다.

'나는 평범한 사람이 되는 것을 거부한다. 나의 능력에 따라 비범한 사람이 되는 것은 나의 권리이다. 나는 안정보다는 기회를 선택한다. 나는 계산된 위험을 단행할 것이고 꿈꾸는 것을 실천하고 건설하며, 또 성공하고 실패하기를 원한다. 나는 보장된 삶에의 도전을 선택한다. 나는 유토피아의 생기 없는 고요함이 아니라 성취의 전율을 원한다. 나는 어떤 권력자 앞에서도 굴복하지 않을 것이며, 어떤 위협에도 굽히지 않을 것이다. 자랑스럽고 두려움 없이 꿋꿋하게 몸을 세우고 서는 것, 스스로 생각하고 행동하는 것, 내가 창조한 결과를 만끽하는 것, 그리고 세상을 향해 하느님의 도움으로 내가 이 일을 달성했다. 이것이 기업가라고 힘차게 말할 수 있는 것이다.'

장래를 예측하는 비교 판단력

공을 세우려고 서두를 필요는 없다. 세상에 나아가
그릇된 일이 없었다면, 그것으로 훌륭한 공을 인정할 수 있다.
–채근담

선견적 판단술의 한 가지로 '시차時差 비교법'이라는 게 있다. 앞에서 설명한 재채기 이야기와 일맥상통하는 사고방식이다.

지난 30여 년 동안 '미국이 재채기를 하면 세계의 각국들은 폐렴에 걸린다'라고 말해 왔다. 그런데 최근에는 미국과 어깨를 견주게 되고, 무엇이든 일방적으로 미국에 뒤지는 것은 없게 되었지만, 그래도 미국에서 배워야 할 것은 아직도 많다. 따라서 지금 미국에 있는 것, 유행하고 있는 것들 중에 우리나라에는 없는 것을 재빨리 알면 쉽게 따라잡을 수 있을 것이다.

사실은 이미 수많은 경제인들이 미국이나 일본에까지 현지 답사하여 새로운 상품을 찾아내서 서로 먼저 선점하려고 많은 노력을 경주해 왔다. 그러나 샘플을 가지고 돌아와 일확천금을 꿈꾸다 실패한 자가 의외로 많음에 유의해야 한다. 왜냐하면 처음으로 생산하여 파는 것이 꼭 잘 팔리는 상품은 아니기 때문이다. 이처럼 부질없는 아이디어로 실패하는 확률이 매우 높다는 점을 기억해야 할 것이다.

그런가 하면 미국에서 날개 돋친 듯이 팔리게 되었다 하여 모방을 하거나 수입을 하면 이미 때는 늦다. 그 타이밍(시간 조절)이 어렵다. 너무 일러도 너무 늦어도 안 된다. 그렇다면 어떻게 해야 좋을까.

확실성이 높은 새로운 상품의 정보를 수집해야 훌륭한 업적을 올릴 수 있다는 점을 간과해서는 안 된다.

*

로스차일드 금융제국의 법칙 5가지

1. **정보가 돈이다** 워털루 전투가 끝났을 때 사람들은 '영국이 졌다'고 실망하며 주식을 마구 내다 팔았다. 주식의 대폭락 시기에 로스차일드는 반대로 주식을 사들였다. 이미 그는 영국이 이겼다는 정보를 움켜쥐고 있었다. 200년 전, 사업의 패러다임을 바꾼 정보의 힘을 알았던 로스차일드에게 정보는 곧 돈이었다.

2. **인맥이 힘이다** 가난한 아빠 마이어는 다섯 아들을 유럽 중심지로 보내 그 지역 인맥 만들기에 총력을 기울인다. 다섯 아들을 통해 프랑크푸르트, 빈, 런던, 나폴리, 파리 등이 네트워크화된다. 인맥은 곧 돈이며 사업의 기본이다. 신중하고 전략적인 인맥 만들기로 하여 로스차일드는 대성공을 이끌었다.

3. **위기는 찬스다** 로스차일드는 전쟁마저 사랑했다. 불황은 곧 찬스다. 돈을 벌 확률은 평소의 10배 이상이다. 대재벌의 기틀을 마련한 워털루 전투, 세계금융가를 장악게 한 제2차 세계대전을 절호의 돈벌이 찬스로 살렸다.

4. 조직이 단결하여야 산다 세계금융을 장악한 로스차일드의 모든 정보와 자금은 유대 패밀리가 독점 운영한다. 자신들 이외에는 아무도 믿지 않는다. 뭉치면 살고 헤어지면 죽는다. 그들은 강철같이 결속된 금융제국이다.

5. 지식으로 지혜를 발휘하라 탈무드의 황금률은 지혜를 살찌운다. 위기에 빠졌을 때 탈무드에 충실하였다. 어려운 때일수록 역전의 아이디어로 뚫고 나갔다.

극한까지 확대해 보는 판단력

생각하는 것이 인생의 소금이라면 희망과 꿈은 인생의 사랑이다.
꿈이 없다면 인생은 쓰다.
-캐넌 리든

이제까지 설명해 온 것들, 즉 미세한 징후에 의해서 앞일을 판단하는 방법에도 여러 가지가 있다.

그중에서는 자신이 판단하기 전에 권위 있는 전문가나 학자들이 저널리즘을 통해서 성급히 장래를 예상하고 위기를 호소하기도 하고, 예견된 말을 잘 받아들이면 성공할 것이 틀림없다고 큰소리를 치는 일이 다반사이다.

이런 경우 판단을 그르치지 않도록 하기 위해, 그는 전문가이니까, 학자이니까 하고 곧대로 믿어버리지 말고 일단 의심해 보는 것도 하나의 선택 방법이다. 하지만, 그것만으로는 불충분하다. 장래의 일이기 때문에 당장 확인되지 않는다는데 의심의 여지가 없다.

그러므로 과연 의심스러운가 어떤가를 확인해 보는 방법으로서 '극대화 판단'이라는 묘수가 있다. 이것은 누구나 할 수 있는 방법인데, 앞서 미래 예측법이라는 타이틀로 소개한 일이 있다. 그 요지는 기하급수적 계산의 함정에 걸려들지 말라는 경고이다.

그래프용지에 초보의 통계학 서적을 참고해 가면서 자기가 알아보고 싶어 하는 데이터를 기초로 지수 곡선의 그래프를 그려놓으면, 몇 년 후 어떻게 될 것인가 하는 숫자가 나타난다.

그런데 그 숫자가 과연 현실과 일치할까. 미래학자 전문가가 그럴싸하게 예측해서 보여주는 예상 지수 역시 모두 같은 방법에 의한 것이다.

기하급수적 계산이 그 대표적인 예인데, 무한히 발전하는 것 같이 생각할 수도 있지만, 실제로 그래프를 그려보면 순식간에 몇십억 세계 인구가 늘어나고, 곧 한계에 이르게 될 것으로 나타난다. 이렇듯 수식적인 말에는 숫자의 함정이 많다는 것을 깨닫게 된다.

석유가 몇 년 후에는 다 없어지게 된다는 얘기도 마찬가지다. 석유의 양이 줄면 그만큼 가격이 비싸져서 수요가 줄고, 지금까지 코스트가 맞지 않던 대체 에너지, 예를 들면 오일샌드나 오일세일이 현재 알려져 있는 석유 매장량 이상으로 많기 때문이다.

석탄이나 액화가스, 태양열 이용, 수소 에너지 등의 기술도 차츰 개발되고 있으므로 인류가 에너지 재난을 당하는 일은 결코 없을 것이다.

*

인생에서 늦었다는 말은 없다

레이클록(54세에 햄버거 왕국을 이룩한 사람)은 수많은 아메리칸 드림의 성공담 중에서 그만큼 특이한 존재는 더이상 없을 것이다. 그래서인지 미국의 많은 책들에서 그의 성공 비결을 다루고 있다.

클록의 성공 법칙은 ① 늦는다는 말은 필요 없다. ② 정상에 오를 찬스는 가지각색임을 알아야 한다.

레이가 시카고에서 맥도널드 점포를 인수하여 시작한 것이 그의 나이 54세 때의 일이다. 레이는 자기의 인생, 진정한 레이 자신의 인생을 시작하여 세계 최고의 햄버거 왕국을 이룩하였다.

축적된 프로의 경험을 활용하라

인생은 교향악이다. 삶의 순간마다 각기 다른 합창을 하고 있다.
-로망 롤랑

정석에 대해서는 이미 앞에서도 언급했다. 정석, 즉 증명된 경험 법칙이란 것은 참으로 귀중한 인류의 재산이다.

이러한 정석은 바둑·장기에 있어서 뿐만 아니라, 모든 분야에 거론되고 있다. 동양의학에 있어서의 뜸 놓는 자리도 그런 예의 하나다. 뜸 놓는 자리, 즉 경락經絡이라고 불리우는 것은 인체를 해부해도 확인할 수 없다.

하지만, 눈으로 볼 수는 없다고 하더라도 뜸 놓는 자리는 확실히 존재하므로, 거기에 침을 꽂기도 하고 뜸을 놓거나 지압하면, 즉시 효과가 나타난다. 누가 어떻게 이 불가사의한 뜸자리를 찾아냈는지, 인간의 지혜에 감탄하지 않을 수 없다.

이 뜸자리를 알지 못하면 안마사나 침술사는 존재할 수 없다. 반대로, 이 뜸자리만 정확히 잡을 수 있으면, 중국에서처럼 뜸 자리에 침을 놓아 통증을 없애서 수술을 할 수 있게 하여 신체에 해를 끼치는 마약을 쓰지 않게 되며 회복도 현저히 빨라지게 된다는 것이다.

이 뜸자리, 즉 정석에 해당하는 것이 비즈니스 사회에도 많이 적용하고 있는데, 이를 활용하면 정세 판단도 빠르고 정확하게 해 낼 수 있다.

이는 여러 선배들의 체험 결과와 몇 가지 지표에 의해서 경기의 동향이나 라이벌의 실력을 판정할 수가 있다. 현재는 '리서치'와 같은 신용조사기관에서는 이러한 지표 · 정석을 이용해서 회사의 장래를 예측 판단하고 있다.

위험한 회사, 쓰러질 가능성이 높은 회사는 다음과 같은 체크 포인트를 조사하면 거의 판정 할 수 있다.

• 은행 의존도가 높고, 과소자본으로 부채 비율이 높다.

• 이익이 없는 성장을 계속하고, 급격히 경영을 다각화하거나 새로운 제품을 내놓기 시작한다.

• 기업에 전략적 특징이 없고, 기업 경력이 낮다.

• 원 맨 사장으로 겉치레를 좋아하고 몹시 허세를 부린다.

• 사장의 능력이 편파적이고 경리 지식이 없다.

• 사장이 외부의 명예 공직을 선호하며 취미 때문에 자리를 자주 비운다.

• 임원 사이에 대립 또는 트러블이 잦고 사원들조차 파벌을 조성해 싸우고 있다.

• 노사관계가 몹시 악화되어 쟁의가 많다.

• 어음 협잡꾼이 자주 드나든다. 사장의 부재가 심해지기 시작한다.

• 사원들의 비밀 전화가 많고 여직원들의 퇴직이 늘어난다.

• 출입하는 업자들한테서 좋지 않은 소문(지불이 늦어진다는 따위)이 퍼지고 있다.

• 사원들이 일손을 놓고 잡담에 시간을 보내고 정리 · 정돈이 엉망이고, 사내의 공기가 어수선하다.

*

일본 번화가의 '빛과 그늘'

일본 도쿄의 아카사카 거리는 고급 술집과 특급 호텔이 밀집한 곳으로 유명하다. 그중에서 베루비(belle vie)란 백화점의 명성은 대단했다.

우리나라로 따지면 강남의 유명 백화점 명품관에 해당하는 곳으로 전 세계 최고급 브랜드 의류와 액세서리 등이 즐비했다. 가격이 무척 비싼데도 언제나 사람들로 붐볐다. 적어도 10년 전까지는 그랬다.

하지만 최근에 다시 찾은 이곳은 예전의 모습이 아니었다. 지하에는 저가 할인점이 들어서고 대부분의 의류 매장도 큼지막하게 특별할인을 알리고 있었다.

백화점뿐 아니라 한 그릇에 1천 엔이 넘지만 줄을 서서 기다리던 고급 라면집 들도 자취를 감추었고, 조금 떨어진 곳에 '라면 570엔 밥 한 그릇 공짜로 드립니다'라고 써 붙인 허름한 가게가 들어서 있었다.

이유는 비싸면 도저히 장사가 되지 않는다는 상인들의

하소연이었다. 혹시나 하는 마음에 찾아간 아카사카 번화가의 문방구에는 20년 전의 문방구집 아들 기요타 도시아키가 문방구의 주인이 되어 나를 반겼다. 바로 옆의 이발소집 아들이었던 사세 아키라도 마찬가지였다.

그는 가위를 손가락에 낀 채 '난 지금 아카사카 최고의 이발사'란 자랑을 빼놓지 않았다. 서점집 아들 구로사와 오사무도 어느 사이 서점 주인이 되어 손님들을 반기고 있었다.

이들은 모두 가업을 이어받아 분수를 지키며 착실히 살아가는 일본 사회의 기둥들이다. 계속되는 불황 속에 일본의 많은 사람들이 잃어버린 10년을 얘기하며 한숨짓고 거리의 활기도 예전만 못한 것이 틀림없다.

그러나 자신의 자리에서 변하지 않고 꿋꿋이 사회를 떠받치고 있는 보통 일본인들의 모습에서 묵직하고 믿음직한 일본 사회의 저력이 느껴졌다.

높은 위치에서 대국을 판단하라

인생에서 일을 생각하는 사람은 행복하다.
그에게는 다른 행복을 찾을 필요가 없다.
–칼라일

정세 판단에 있어서는 대국大局(큰 판국)을 파악하는 것이 가장 중요하다.

높은 위치에서 경세를 살피면 모든 움직임을 잘 알게 된다는 것은 상식이다.

일본 메이지 시대에 간행된 『기장기 필승법』이란 책이 있다. 오동나무 상자에 넣어져 있었는데 놀랄 정도로 비싼 값이 매겨져 있었다. 어떤 호사가가 거액을 들여 구입해서 정중히 열어보았더니 책 속에는 겨우 1행 밖에 씌어져 있지 않았다.

'언제나 상대에게는 큰 수를 써라'

이 글은 누가 지어낸 말이지만 시사하는 바가 크다. 공식적인 바둑 대회장에서 대국하던 중에 상대가 용변 같은 것 때문에 잠시 자리를 뜨면 재빨리 상대의 자리로 옮겨가 앉아 상대의 입장에서 전국을 살펴보는 기사가 있다. 이런 행동이 나쁘다고 지적할 수는 없지만, 가장 좋은 방법은 옆에서 관전하는 것이다.

제3자의 입장에서 바라보면 당사자들의 결점, 약점 또한 허점, 급소 등이 아주 잘 보이고 정세 판단력이 강화된다는 것이다(옆에서 관전하다가 자꾸 훈수를 두게 된다).

하지만 물리적으로 높은 곳에서 보기만 하는 것은 좋은 방법이 아니다. 중요한 것은 정신적 · 사상적으로 높은 입장에서 생각해 보는 것이 더 의의가 있다.

이것은 유명한 이야기인데, 제2차 세계대전 중에 모택동은 연안의 깊은 동굴 속에서 잘 들리지도 않는 라디오에 의지하여 세계의 정세를 놀라울 만큼 정확히 예측하고 있었다고 한다.

이렇게 될 수 있었던 이유는 정신에만 사로잡혀 있지 않고 객관적 · 마크로적으로 사물을 생각하는 훈련이 되어 있기 때문이다.

하지만, 누구든 국가적인 입장이 아닌 지구 전체를 통해 사물을 관찰하면, 국제 정제를 아주 잘 판단할 수 있다. 이것이 이른바 지정학적인 사고방식이다.

이에 의해 이데올로기에 사로잡히지 않고도 여러 나라의 움직임을 관찰하게 되고 앞으로의 행방을 지정학적으로 보면 훨씬 잘 파악할 수 있는 것이다.

그러나 지정학地政學과 같은 어려운 내용은 모르더라도 우수한 경영자는 대국적인 입장에서 사물을 관찰하고 생각하지 않으면 앞을 내다볼 수가 없다는 것을 잘 알고 있다.

어떤 회사의 사장실로 안내되었을 때 벽에 커다란 세계지도가 걸려 있거나 대형 지구본이 놓여 있거나, 세계 각 도시의 시차를 알리는 표준시계가 있다면, 그 사장의 정세 판단력이 월등하다고 평가해도 좋을 것이다.

미래지향적 간부급 비즈니스맨은 언제나 세계지도를 보며 국제 정세를 판단하는 습관을 가질 필요가 있다. 의식적으로 노력해서 '세계로'의 눈을 가지게 되면 정세 판단력이 크게 강화될 것이다.

*

10초 동안의 첫 인상

주위 사람들이 당신의 말과 의견을 믿고 그대로 행동하는가의 여부는 첫 대면 10초 안에 결정된다. 이렇듯 첫 인상에서 상대를 평가한다. 그 만큼 첫 인상은 사회 생활에 매우 중요하다.

첫 대면에서 나쁜 인상을 지워버리는 것 만큼 어려운 일도 세상에 없을 것이다.

마음속에 있는 미래를 판단한다

위대한 사람은 자기가 할 수 있는 일을 하는 사람이다.
평범한 사람은 할 수 없는 일만 하는 사람이다.
-로망 롤랑

비즈니스 리더에게 가장 요구되는 것은 시장을 개척하는 마케팅 판단력일 것이다.

마케팅, 즉 시장 개척은 목적으로 한 활동은 저성장인 경우일수록 치열한 쟁탈전이 벌어진다. 마케팅에 대해서는 많은 전문 서적이 나와 있고, 어려운 이론도 다양하게 소개되고 있지만, 확실한 미래의 시장을 예측 판단하는 특별한 방법이 있다.

즉, 어디엔가 새로운 수요의 싹이 없을까 하고 시간과 돈을 들여 찾아다니는 것도 좋지만, 그것보다는 다름 아닌 자기 속에서 미래의 시장을 찾아보는 방법이 있다.

자기 자신이 생산자, 또는 판매자임과 동시에 생활면에서 구매자라는 2중성이 있다는데 착안한 방법이다.

즉, 나를 손님의 제1호로 생각한다. 그리하여 손님인 자기 자신의 마음속에서 미래 시장의 발견을 위한 탐험을 해 보는 것이다.

나는 인간으로서의 여러 가지 욕구·욕망을 가지고

있다. 그러므로 그 욕망 속에서 장래의 유망한 시장의 단서를 발견해 보도록 하는 방법이다.

예부터 '의식이 풍족해야 예절을 안다'는 말이 있듯이 인간에게는 생활이 충실해짐에 따라 욕망이 변화하고 보다 더 새로운 것으로 지향하려고 하는 향상성을 갖고 있다.

경제학이나 경영학의 강좌를 살펴보면, 국민 1인당 GNP가 1년에 1천 달러를 넘으면 수요가 크게 달라져서 생활필수품보다는 레저성이 높은 상품의 구매력이 높아진다는 것이다.

우리의 과거를 돌아보아도, 그러한 변화를 알 수 있다. 생활 수준이 향상됨에 따라서 국내 여행에서 해외여행으로 바꾸고 여가 시간을 활용하여 문화센터 같은 곳에 다니며 교양을 풍부하게 하려는 지적 욕구가 강하다. 취미 생활로 분재·가죽 세공을 비롯한 창작, 레저에의 욕구가 매우 강해져서 교양 강좌 교실이나 재료 판매점이 번성하고 있다.

이처럼 생활이 풍요해짐에 따라서 수요는 차츰 변해 간다. 그러므로 자신의 마음을 자세히 분석해 보고, 앞으로 하고 싶은 것, 가지고 싶은 것이 있으면, 자기와 같은 취향의 사람이 주위에 많이 있을 것이므로 그 점을 잘 활용하면 유망한 시장을 확보할 수 있다.

물론 그 수요는 단순한 것이 아니어서, 오히려 그 중심보다도 주변에 더 높은 시장이 있을 것이라는 데

주목해 볼 일이다.

예를 들어 풍요로운 생활로 수명이 연장되면, 더욱 건강해지고 싶다는 욕망을 갖게 된다. 건강사업은 앞으로의 유망 업종이며, 이미 건강을 위한 전문적인 서적이나 기구 및 건강식품 등이 잘 팔리고 있다. 이것은 하나의 예에 불과하지만, 이런 식으로 예측 판단하는 것도 좋은 발상이다.

*

자기 암시의 법칙

• 만일 당신이 파멸한다고 생각하면 당신은 파멸한다.
• 당신이 어쩔 수 없다고 포기하면 아무것도 성취하지 못한다.
• 당신이 이길 수 없다고 생각하면 승리의 여신은 당신에게 미소 짓지 않는다.
• 성공은 당신의 의지에서 비롯되며 정신 상태에 의해서 결정되는 것이다.
• 당신의 생각이 성공을 원한다면 당신은 성공한다. 높은 지위에 오르고 싶으면 반드시 이루어진다는 신념을 가지면 된다. 인생은 언제나 강하고 약삭빠른 사람 편에 서 있는 것이 아니다. 모든 성공한 사람들은 '나는 성공할 수 있다. 나는 해 낼 수 있다.'라고 생각한 사람들이다.

미래에 대한 통찰력을 키운다

당신이 하고 있는 일에 온 정신을 집중하라. 햇빛은 한 초점에
모아질 때만 불꽃을 낸다.
–그레이엄 벨

이미 말한 것처럼, 매니저의 주요 임무는 선견적 판단력을 활용해서 훌륭한 계획을 세우고 설계하는 일이다. 이상과 같은 정세 판단은 매니저에게 있어서 기본적이고 상식적인 재능이라고 말할 수 있다.

그러므로 이 장의 마무리로 선견적 판단에 가장 좋은 외삽법外挿法에 대해 이야기하고 싶다. 이것은 앞서 설명한 극대화 판단과 상통하는 것으로 지수 곡선 그래프는 외삽법의 일종이라고 생각해도 좋다.

외삽법이란 평이하게 말해서 '역사는 되풀이 된다'란 인류의 체험을 과학적으로 표현한 말이다. 즉 '두 번 있을 수 있다면, 세 번도 있다'는 속담과 같은 것이다.

지금까지 매일 태양은 동쪽에서 떠서 서쪽으로 진다. 그러므로 앞으로도 계속해서 그렇게 되리라는 것이 외삽법의 사고방식이다. 좀 어렵게 말하면 과거의 추세에 의해서 미래를 예측하는 방법이다. 이 외삽법은 여러 가지 경험을 거쳐 1백 가지 이상의 선견술先見術 : 다른 문제보다

앞서 해결하는 능력로 되어 있다. 즉 외삽법은 모든 선견술의 모태라고 말할 수 있다.

오스트리아 출신의 경제학자 슘페터가 받아들여서 유명해진 소련 경제학자 콘드라체의 파동설(50년 주기의 파동설을 내세웠다)도 그 하나이다.

이에 의하면 세계 경제는 대체로 50년을 전후해서 대규모의 경기 파동을 되풀이하고 있다는 설이다. 인간의 생활에 있어서 불가결한 식량 · 에너지 공업용 원자재의 가격 상승이나 가격 하락에 반비례해서 전반적인 경기 흐름의 물결이 그려진다.

이와 같은 중요한 물적 요소의 가격 하락은 기술 혁신의 결과이고, 한편 기술 혁신은 불행하게도 전쟁에 의해 급격히 진전된다.

왜냐하면 전쟁을 하게 되면 국가는 상업적 재산 베이스를 무시하고 자금을 투입해서 싸움에 이기기 위해 적극적으로 새로운 기술을 개발한다. 이것이 전쟁 후 평화로울 때 민간에 채용되어 기술 혁신(이노베이션)이 이루어진다고 한다.

오늘날의 세계는 제2차 세계대전 중에 개발된 기술의 씨앗이 싹터서 그 덕택으로 고도성장과 석유 파동을 전후하여 피크에 달했으므로, 이제부터는 새로운 기술 없이 한결같이 저성장이 20년 가까이 계속되리란 것이 '콘드라체프의 파동설'에 입각한 장기 예측이다.

최악의 경우를 대비해서 주도면밀하게 대처한다는

것은 훌륭한 정세 판단력이라 할 수 있다.

*

성공하기 위해서는 너무 인색하지 마라

일요일에도 근무하기 위해 출근할 수 있는가? 집에까지 일감을 가져갈 수 있는가? 고용주의 개인적인 일까지 도와줄 수 있는가? 고용주나 동료들에게 당신 스스로 거들어 주는 것에 대해서 너무 인색하지 말라, 무엇보다도 신용을 얻도록 노력하라. 신입사원 시절에는 이점이 가장 중요하다. 당신이 신입사원 시절에 보여준 이미지야말로 그 직장에 소속되어 있는 한 지속될 것이다. 그러므로 이것저것 따지지 말고 열심히 일하라.

제 3 장

“ 물질적 가치로부터 벗어난 삶의 길 ”

욕망에 따라 판단이 달라진다

한 번 성공하면 조금 배울 수 있고, 실패하면
모든 것을 배울 수 있다.
-매튜슨

가치 판단이란 것은, 그 사람에게 무엇이 가장 가치가 있는가, 또는 값있는 것인가를 결정하는 일이다. 이것은 사람에 따라 조금씩 다르다. 즉, 각자의 인생관에 의해서 정해지기 때문이다. 그러나 대략 몇 가지로 분류해 볼 수 있다.

이에 대해 미국의 행동 과학자 마즐로우Maslow, Abraham.에 의하면, 인간의 욕구는 5단계에 걸쳐 있고 동물적인 단계에서 차츰 발전되어 가는데, 어느 한 단계의 욕구가 80%쯤 만족하게 되면 더 높은 차원의 욕구를 가지게 된다는 것이다.

물론 이것은 일반론적인 견해이지만, 한 발 내디딜 때마다 높은 차원의 욕구를 만족시키기 위해 인생을 살려고 하는 사람이 적지 않다. 그 각 단계에서 욕구하고 있는 것은 곧 인간에게 있어서의 가치가 된다는 것이다.

제1단계 : 생물적 욕구로 식욕 · 성욕 · 수면욕과 같이 생물로서의 근원적인 욕구이다. 이것이 충분하게 만족되지 못하면 인간은 동물적인 광기에 빠지게 된다.

제2단계 : 안전 안정의 욕구, 생물적 욕구가 충족되면 짐승은 잠을 자지만, 인간은 의식주가 지속적으로 안전하게 보장되는 안정된 생활을 조성하려고 한다. 취직하여 정사원이 되고, 월급제를 희망하고, 노동조합을 만들어서 신분과 생활의 안전과 안정을 확보하려고 한다.

제3단계 : 친화의 욕구. 생활이 안정되어 친화 관계를 형성하여 사회적 신분을 유지하려 한다.

제4단계 : 자아의 욕구, 두각을 나타내어 자기 자신을 독립시켜서 타인들로부터 존경받고 싶어 하는 명예욕. 개성 · 자존심 · 자주성을 강하게 바라는 단계이다.

제5단계 : 자기완성(실현)의 욕구, 이것은 인간에게 있어서 가장 높은 단계인데, 이 욕구는 무한하기 때문에 죽을 때까지도 충족되지 않는다. 자기 개발, 창조, 사회적 공헌, 봉사 활동 등에 대한 욕구이다.

대개의 사람들은 2, 3, 4단계에 머무르면서 좋은 직업, 많은 수입, 친구, 책임자의 지위, 명예직 등의 가치를 높이 평가해서 그런 것을 얻으려고 노력하며 보람 있는 생활, 봉사 활동, 창작 등으로 성장해 가는 것이다.

*

인간성에 관한 판단은 만족감에 따라 결정된다

건강한 육체는 영혼의 객실이요, 병약한 육체는 그 감방이다.
–오스카 와일드

욕구의 단계설에서 말한 것처럼, 인간은 끊임없이 만족을 추구하는 동물이다. 그러므로 만족의 내용에 의해서 그 사람의 인간성을 판단할 수 있다. 여기서는 그 점에 대해 자세히 살펴보기로 한다.

서양의 속담에 '무엇에 웃느냐에 따라서 그 사람의 품성을 알 수 있다'라는 말이 있다. 무엇을 보고 웃느냐, 기뻐하느냐에 의해서, 아무리 옷을 잘 차려입었더라도 그 본성이 폭로된다는 말이다.

인간은 다른 동물과 달리 '웃는다'고 하는 재미있는 특성을 가지고 있다. 원숭이나 말도 이빨을 드러내고 웃는다는 주장이 있긴 하지만, 인간의 웃음과는 크게 다르다. 인간의 웃음은 독특하여, 인간성을 판단하는 기준이 된다.

일찍이 웃음을 연구 비교한 사람은 프랑스의 철학자 베르그송Bergson, Henri Louis: 1859~1941인데, 그의 주장에 의하면 인간의 웃음은 기대하거나 예상하고 있던 목표가 현실의 낙차에 의해 생긴다고 주장하고 있다.

만담(유머)은 바로 그 전형적인 예인데, 현실을 초월한 교묘하고 엉뚱한 말재간으로 사람들을 웃게 한다.

한편 코미디언의 바보스런 표정을 보면 왠지 우월감을 느끼면서 웃는다는 말에 납득이 간다.

이런 견해에 의하면, 어떤 사람들이든 간에 무엇을 기대하고 있는가, 또는 자기 자신이 어떤 위치에 있다는 존재감으로 착각하고 있는가 하는 것이 그의 웃음에 의해서 자신도 모르게 드러난다고 말할 수 있다.

대뇌생리학의 학설에 의하면 어린이의 웃음은 좌우 양쪽이 똑같은 데 비해서, 어른의 웃음은 얼굴의 좌우에 무리가 생긴다고 한다.

어린이의 경우는 무심한 웃음이고, 구피질에서 나오는 것(본능적 쾌감)이지만, 어른의 웃음은 이성이나 지성에 컨트롤된 신피질에서 나오는 '사회화된 웃음'이라고 한다.

즉, 어른의 웃음은 그 사람의 이성이나 지성이 반영된 것이라고 말할 수 있다. 비천한 웃음, 바보스런 웃음, 냉소, 알랑거리는 웃음, 조소 등등의 웃음은 품성을 잘 드러낸다.

같은 만담이나 재담이라고 해도 인정의 기미를 잘 포착해서 부지 중에 웃게 하는 유쾌한 웃음과 인간의 열정劣情(천박함)을 드러내서 억지로 실소를 자아내게 하는 불유쾌한 웃음이 있다. 이런 것은 연예인 수업에서 잘 드러난다.

어쨌든 '웃는 문에 복이 온다'는 속담이 있듯이, 기분 좋은 웃음소리가 그치지 않는 가정이나 직장은, 그 중심이 되는 사람들의 마음의 풍요함, 따스함을 잘 반영하는 것이고, 물질적으로는 아무리 가난하더라도 정신적으로는 매우 높은 위치에 있음을 말해 주는 것이다.

만담의 무대는 주로 변두리의 연립주택이고, 가난해도 인정미가 넘쳐 있다.

웃으면서도 눈물이 글썽해지게 만드는 마음의 따스함은 채플린의 희극 영화와 상통하는 면이 있으며, 반면에 사람들이 본질적으로 무엇을 구하고 있는가를 깊이 생각하게 해준다.

*

당신의 성공을 위한 조언

1. 당신의 마음속 깊은 곳에 자리한 잠재의식을 자극하면 놀랄만한 결과를 얻을 수 있다.

2. 당신은 육감을 가지고 있지만, 당신의 잠재의식으로 통하는 생각들을 통제하기 위해서는 다섯 가지 감각이 필요하다.

3. 확실한 목표를 크게 세워라. 그리고 시간을 정하라. 당신의 잠재의식 속에 어떤 계획이 떠오르면 즉시 행동으로 옮겨라.

4. 영감은 무척 소중하므로, 즉시 사용해야 한다.

지위나 평가로 판단하지 마라

자만심은 인간이 자기 자신을 너무 높게 생각하는 데에서 생기는 쾌락이다.
—스피노자

세상이 복잡해지게 되면 무엇이 좋고 옳은 지, 제대로 판단하기가 어려워진다. 그리하여 기성의 권위가 있다고 생각되는 브랜드나 · 직위 등에 의해서 가치 판단을 하려는 경향이 생겨난다.

그리고 유명한 대학에 들어가고 싶다든가, 무슨 자격을 취득하고 싶어 하는 여건이 조정된다.

어느 명문 대학을 나온 인물이 우수하고 사회적으로도 높은 지위를 얻었다고 해서, 그 대학을 나오면 모두 우수해지고, 또 높은 지위를 얻게 된다고는 말할 수 없다.

의학 박사 학위를 가진 사람이 모두 명의라고는 말할 수 없다. 그런데도 세상이 지위를 신용하면 할수록 돈을 써서 부정을 범해서까지 지위를 가지려고 애쓴다.

대학 교수라면 모두가 훌륭한 학식이 있고 권위가 있다고 생각하는 것도 착각이다. 지금의 대학 교수는 옛날의 중학교 교사보다 훨씬 그 수효가 많고 조제 · 날조되는 경향이 있다.

이러한 교수들에게 배우고 있으니 선거권을 몇 푼 안 되는 돈에 팔아넘기는 놀라운 대학생이 나타나는 것도 당연하다고 말할 수 있을 것이다. 그것도 장차 교사가 될 인간을 양성하는 대학에서 일어나는 일이고 보면 벌어진 입이 다물어지지 않는다.

그러므로 지위에 현혹되지 말고 참된 정체를 꿰뚫어 보는 눈을 가져야 한다. 함부로 외국의 문헌을 인용하거나, 타인의 학설을 자기의 것처럼 꿰맞추어 놓은 것이므로 정신 차려 읽을 필요가 있다.

스스로 생각하고, 스스로 탐색하고, 실증한 것을 자신의 말로써 표현해 놓은 진짜를 알아보는 눈을 가져야 한다.

마찬가지로 과학자 · 기술자 · 전문가가 보증하는 것이니까, 걱정 없다는 식의 사고방식도 위험하다.

따라서 오늘날에는 권위가 있다는 것도 다시 한번 음미해 보는 재평가라는 사고방식이 생겨나고 있다. 공해 문제를 계기로 해서 재평가가 강조되고, 기업 내에서도 경영 관리의 재평가가 요구되고 있다.

미국의 매니지먼트가 뛰어나다고 해서 우리나라에서도 유효하다고는 말할 수 없고, 오히려 자칫하면 역효과 내지는 알레르기를 낳을 수도 있다. 이러한 것에 대해 바르게 가치 판단을 하는 것이 훌륭한 매니저의 임무이다.

또 한 가지 강조해 두어야 할 것은, 결과만을 평가하고

'프로세스'의 가치를 잊어버리는 태도이다.

*

성공으로 이끄는 원동력은 마음속에 잠재해 있는 힘이다

당신이 지금은 힘이 없고 초라한 모습의 사람일지라도 불같은 욕망을 간직하고 있는 한 기회는 반드시 찾아올 것이다.

대다수의 사람들은 성공이 자신의 손아귀에 쥐어지기 바로 직전에 포기해 버린다. 이는 목적이 크든 작든 성공에 대한 시금석이다. 자기 일의 중요성에 대해서 생각하는 습관을 길러라, 그러면 불가능하게 보이는 일도 성취할 수 있다.

창조적 행위가 판단의 척도이다

영혼은 모든 것과 구별하는 불멸의 불꽃이다.
–파스칼

우리들의 주위를 둘러보면, 우리의 존재는 선인들이 창조해 준 사물에 둘러싸여 있고, 그 창조의 은혜에 의해서 풍부한 생활을 영위해 나가고 있다는 것을 다시 한번 깨닫게 된다. 이 종이도, 이 볼펜도 누군가의 창조물이다.

얼마나 고마운 일인가. '고맙다'는 말은 글자 그대로 '있기 어려운 것'이다. 즉, 좀체로 없는 것이다. 좀체로 없는 것을 창조하고 실현해 내었기 때문에, 이처럼 훌륭한 문명으로 되었다는 것을 감사하게 된다.

이 세상에 태어난 이상은 1개이든 2개이든 간에 새로운 것을 생각해 내어 창조하고 고맙다는 감사의 말을 듣고 싶어 한다. 인생에 있어서의 최고의 가치는 창조적 행위에 있다.

그러나 창조도 모방에서 시작된다는 사실이다. 원래 '배운다'는 것은 '흉내 낸다'에서 온 말이다. 어린이가 부모 · 형제 친구 선배의 흉내를 내고 모방해서 한 사람의 역할을 하게 되고, 그러다가 조금씩 자기의 것을 덧

보태고 모방하면서 마침내는 새로운 것을 창조할 수 있게 되어가는 것이다.

처음에는 모방이 어느 정도 창조적인 것인지 분간하기가 어렵지만, 그것을 재빠르게 발견하고 격려하고 평가함으로써 인간은 조금씩 성장하게 된다.

그런 점에서 평가라는 가치 판단은 매우 중요하고, 선배 · 상사의 역할은 중대하다.

특히 앞 장에서 말한 것처럼 결과뿐만이 아니라 과정에 있어서의 노력의 평가가 어렵다. 결과적으로는 실패했다든가, 똑같은 평범한 결과가 나타났다고 하더라도, 그 진행 과정에서 창조적인 것이 보인다면 장래 크게 성공할 가망성이 높다.

이 점을 따뜻이 보살펴 주는 선배나 상사야말로 훌륭한 인생의 교사라고 말할 수 있을 것이다.

다시 말할 필요도 없는 일이지만, 창조란 것은 우선 모든 기성 사실에 대해 의심을 품는 것으로 시작되어, 이미 알려져 있는 요소의 결합에 새로운 방법을 내세움으로써 이루어지는 실증이다. 이런 것은 모두가 선배나 선인들한테 배우는 것, 모방하는 것에 의해서 익히는 것이다.

처음에는 겸허하게 배우기 시작해서 학습의 과정을 통해 새로운 발상의 싹을 길러나가게 되는 것이다.

그러나 결국은 처음에 말한 것처럼, 한 번밖에 없는 인생을 낭비하면서 끝낼 수는 없다. 어떻게든 조금이라도 자기 나름의 새로운 것을 창조하지 않고서는 '삶의 보람이 없다'라고 하는 의지 · 의욕 또는 고집이라는 것이 강해야만 창조가 가능해진다.

창조적 행위를 평가하기 전에 먼저 고집스런 의욕을 평가하고 격려하는 것도, 앞에서 말한 바와 같은 중요한 가치 판단이라고 말할 수 있을 것이다.

*

결점도 장점으로 바꿀 수 있다

스스로 결점이 많다고 생각하고 있는 사람은 사회생활이나 대인관계에서 위축되기 쉽다. 결점이 있다면 고치는 것이 좋지만, 그것이 선천적이거나 유전적인 것이라서 뜻대로 바꿀 수 없다면 어떻게 할 것인가?

이를테면 남과 어울리지 못하고 외톨박이로 지내는 사람이라면 성격상 한쪽으로 기운 데가 있다. 이는 성격상의 결함으로 볼 수 있다. 그러한 결함이 있다고 해서 사회적으로 출세가 불가능하다고 단정할 수는 없다. 이름난 학자나 예술가 중에는 그러한 성격을 가진 사람이 적지 않다.

그들이 나중에 학문이나 예술 부문에서 남이 못한 큰일을 이루어낸 것은, 그 결함이 외부조건과 조화를 얻었기 때문이다. 자신이 갖고 있는 결점을 새로운 정세에 적응시키고 조화시켰던 것이다. 때문에 어떠한 결점이 있느냐가 문제가 아니라, 그 결점을 어떻게 이용하느냐가 중요하다. 결점을 잘 이용함으로써 도리어 성공의 발판이 될 수 있다.

계산할 수 있는 가치와 계산할 수 없는 가치

무슨 일을 하든지 시작을 조심하라. 처음 한 걸음이
미래의 일을 결정한다.
–레오나르도 다빈치

인간이 일생 동안 추구하는 가치는, 앞에서 말한 것처럼 그 인물이 성숙하는 속도에 따라 달라지지만, 인격이 향상됨에 따라서 형태가 없는 것으로부터 계산할 수 없는 것으로 가치의 질적 변화가 이루어진다.

맛 좋은 것을 배부르게 먹고 싶다든가, 아름다운 여자를 아내로 맞이하고 싶다든가, 큰돈을 벌어서 집을 아름답게 짓고 싶다는 식으로, 어쨌든 형태가 있는 것, 즉 물질적인 가치를 구하고 있는 단계라면 아직은 초보적이다.

맛 좋은 것을 찾게 되고, 다음에는 자기의 손으로 요리를 만들어 친한 사람을 기꺼이 초대하여 받는 것보다 주는 것이 보다 더 즐겁고 베푸는 것이 물건이나 돈에 의한 것이 아니라 정신적인 것으로 상대방이 기뻐하는 모습을 보면 인간적인 면에서 한층 성숙하여져서 새로운 세계에 들어선 셈이 된다.

자신의 인격과 교양이 넓어지고 높아졌다면 이보다 더 훌륭한 삶은 없다.

개인이든 사업이든 가치라는 것은 연대 · 협조 · 구제 · 행복 · 문화 · 아름다움 · 즐거움 · 명예로움, 새로운 것의 창조는 훌륭하고 인간적인 것이다.

이러한 것은 손으로 만질 수 없고 컴퓨터로도 계산할 수 없는 무한한 가치를 가지고 있는 것이다.

다이아몬드나 보석은 값으로 평가할 수 있으나, 어린이의 웃는 모습은 그보다 훨씬 아름답고 화폐로 계산할 수 없는 인간만이 향유할 수 있는 가치인 것이다.

같은 돌이라고 할지라도 다이아몬드보다는 해변이나 심산 깊은 계곡에서 주워 온 불가사의한 형상의 돌이 자신의 마음을 훨씬 더 즐겁게 해주는 경우도 있다.

인생의 가치란 이렇게 무형이면서 무한하고, 사람의 마음과 굳게 맺어져 있는 쪽이 보다 더 높고 크게 달라진다. 이런 것을 이해하고 있는가 어떤가에 따라, 개인이나 기업도 그 장래성이 크게 좌우된다. 이른바 가치 판단의 급소를 말하는 것이다.

기업의 경우에도 형태가 있는 하드웨어가 아닌 무형의 소프트웨어 또는 어플리케이션으로 승부가 정해지게 된다. 문화산업, 감각산업이 앞으로의 기본 생명이라고 말하게 되었다.

의식이 풍족해지자 레저를 찾게 되었고, 해외여행도 성행하게 되었는데, 그 해외여행도 인간만이 누릴 수 있는 문화를 부지런히 벌어 모은 돈을 써 가면서 찾아다니는 행위인 것이다.

우리들 인간이 추구하고 있는 〈파랑새〉의 치르치르와 미치르는 아니지만(파랑새는 벨기에의 시인 · 극작가 메테를링크의 동화극, 치르치르와 미치르는 그 동화극 속의 주인공 오누이임), 참된 행복(파랑새)은 자기의 마음속에서 꽃피고 있다는 것을 잊어서는 안 될 것이다.

*

꼴찌의 자기 신념

언제 배움의 즐거움을 발견하는가는 사람에 따라 각기 다르지만, 영국의 수상으로서 노벨상을 수상한 윈스턴 처칠의 경우에는 상당히 나이를 먹고 난 후였다.

그의 말에 의하면 만 22세가 되어서야 처음으로 향학심이 생겼다고 했다. 처칠이 낙제생이었던 것을 아는 대부분의 사람들은 이렇게 생각한다.

'낙제생이라도 일국의 수상이 되기도 하고 노벨상을 받기도 한다. 역시 학교의 성적은 꼭 필요한 것이 못 된다.'

희소가치는 시대와 함께 변화한다

당신이 열등감으로 주저앉는 동안 다른 사람은
시행착오를 거듭하며 점점 탁월해진다.
-C. 링크

넓은 의미에서 가치를 생각할 때 희소가치라는 것을 생각해 볼 필요가 있다. 희소가치라고 말하게 되면 당연히 수량의 문제가 떠오르게 되는데, 인간의 가치 판단에는 이 희소가치에 의해 평가된다는 사실이다.

예를 들면 다이아몬드와 연필의 심은 다 같이 탄소 덩어리인데, 한쪽은 수량이 매우 적고 잘 갈아 놓았을 때의 아름다움 때문에 비싼 값이 매겨진다.

만약 인조 기술이 발달해서 최고 온도 · 초고압에 의한 기술이 가능해지면 다이아몬드는 루비처럼 크게 가격이 낮아질지도 모른다.

바다 생선인 연어도 제2차 세계대전 이전에는 정어리와 마찬가지도 아주 대중적인 물고기였기 때문에 자주 식탁에 올라왔다.

그러나 오늘날의 어획 제한 때문에 연어의 값이 올라서, 마침내 고급 생선으로 되었다. 오징어도 옛날에는 바다의 쓰레기 같은 것으로 여겨져 값이 쌌으나 너무

잡아 어획량이 줄어들게 되자, 그 희소가치 때문에 값이 비싸졌다.

인간 사회를 살펴보면, 과거의 대학 출신은 1만 명 가운데 한두 명밖에 없어서 희소가치가 높았다. 대학 법학부를 졸업하고 관청에 들어가면 검사나 판사, 지방 군수로 발탁되어 처음부터 모셔지는 신분의 대단한 엘리트였다.

그러므로, 그와 같은 엘리트들의 사회적인 출세를 몹시 부러워하던 사람들은 학교를 제대로 다니지 못했다는 불리한 점 때문에 눈물을 흘려야 했다. 그런 까닭에 자기 자식만큼은 어떻게든 상급 학교에 보내서 희소가치에 의한 특혜를 입게 해주고 싶은 열망에 소를 팔고 전답까지 팔았다.

이러한 부모들이 노력을 아끼지 않았기 때문에 곧 진학 희망자가 늘어나고, 마침내 대학 졸업자는 40% 가까이 되어버렸다. 과거의 중학 졸업이 20%였으니까, 지금의 대졸은 과거의 중졸보다 2배 가까이 되게 많은 셈이다. 이렇게 되자 대졸의 희소가치란 게 없어졌다.

지금까지 희소가치가 높고 해마다 고액 소득자 자리를 으뜸으로 차지해서 선망의 대상으로 되고 있는 의사도 넘쳐나서 그 부러운 지위가 한계에 이르고, 서로 환자를 유치하기 위해 치열한 경쟁이 눈앞에 있다. 이렇게 되는 이유 역시 의사를 지망하는 사람이 늘고, 그 추세에 따라 의과대학을 행정구역에 1개 이상씩 날조했기 때문이다.

이처럼 인간이 행하는 일은, 똑같은 사이클을 되풀이하는 모순된 경향이 있다.

그러므로 '남들이 걸어가는 반대쪽에 길이 있다'고 생각해서, 지금 희소가치가 높은 것은 곧 폭락할 것으로 판단하고, 반대로 크게 가치가 떨어진 것들 속에서 새로운 희소가치가 나오지 않을까, 혹은 남들이 눈치채지 못하는 곳에 떨어져 있는 다이아몬드 같은 원석이 없을까 하고 색다른 발견을 하는 것이 지혜로운 사람이다.

기업의 경우도 과거 볼링장이 수효가 적을 때 떼돈을 버는 것을 보자, 너도나도 사방에서 덤벼들어 난립하게 되자, 순식간에 과잉 경쟁에 의해서 도산 업체가 속출하게 되었다.

이러한 경향은 예견된 지혜가 없는 빈약한 판단력 때문인 것이다.

*

삶, 그 차가운 전쟁

매일 아침 아프리카에선 가젤이 눈을 뜬다. 그들은 사자보다 더 빨리 달리지 않으면 죽으리라는 것을 안다.

매일 아침 사자 또한 눈을 뜬다. 그 사자는 가장 느리게 달리는 가젤보다 빨리 달리지 않으면 굶어 죽으리라는 것을 안다.

당신이 사자이건 가젤이건 간에 상관없이 아침에 눈을 뜨면 당신은 질주하여야 한다.

돈으로 환산할 수 없는 노동의 가치

삶을 두려워 말라. 살만한 가치가 있다고 믿으라. 그러면 믿음대로 될 것이다.

–제임스

레저라는 말의 어원을 찾아보면 라틴어 스쿠울과 같은 말이었다고 한다. 즉, 레저와 스쿠울의 어원으로 되어있는 라틴어가 같은 것이란 이야기다.

레저를 '여가'라고 번역하면 '심심풀이 놀이'라는 느낌이 들어서, 본래의 말뜻은 없어져 버린다.

그러므로 올바르게 번역하자면 '자기완성의 시간'이라 해야 한다고 앞 장에서 말했던 것이다. 즉, 레저란 것은 인간 욕구의 최고 단계를 추구하는 시간인 것이다.

그런데 그 레저도 귀착점은 금전을 목적으로 하지 않고 일하는 레저, 즉 사회 봉사활동이란 것이 밝혀져 있다.

즉, 금전에 의한 대가를 바라지 않는 대신에 무한한 마음의 보람을 추구하는 것이 인간에 있어 최고의 행복인 것이다.

이렇게 생각해 보면 본래의 직업, 즉 일이란 것은 어떤 것이냐고 묻게 된다. 이 가치 판단은 매우 중요하다. 왜냐하면 성인, 특히 남자의 일생은 그 대부분이 직업

생활이므로 인생의 가장 중요한 시간이 직업에 바쳐지고 있는 만큼, 그 시간이 개인에게 있어서 어느 정도 가치가 있는 것이냐에 따라 일생의 행 · 불행이 정해진다.

레저가 자기완성의 시간이라면, 매일 매일의 비즈니스 생활도 당연히 자기완성의 시간이어야 한다. 아니, 그렇게 되지 않으면 안 된다고 이야기되어야 할 것이다.

그런데 비즈니스와 레저에는 큰 차이가 있다.

그 하나는 레저가 자주적이고 의무에서 해방되어 있는 것인데 비해, 비즈니스 생활은 지시 · 명령에 의해 제약받고 있으며, 개인의 자유 의지는 허용되지 않는다. 자유에 한계가 있다는 말이다.

또 하나의 큰 차이는 레저는 돈벌이를 목적으로 하지 않는 데 비해, 비즈니스는 그 대가로서 금전을 받고, 일하는 정도를 금전적으로 평가 받는다. 그러므로 비즈니스에는 이루 말할 수 없는 심리적인 압박감이 있고, 특히 대다수의 직장인들은 자신의 가치를 금전으로 평가받는 데 대해 혐오감 내지는 굴욕감을 마음속 깊이 품고 있다는 것이다.

그래서 훌륭한 사람들은 금전에 대해서 회사가 일의 대가 아닌 감사 표시로 주는 사례금으로 생각하고, 또한 능력이나 공헌의 정도는 평가되는 게 아니며 평가할 수도 없는 대가라고 생각해서 2차적인 것으로 간주하는 것이다.

금전은 유형有形이고, 계수적計數的이고, 또한 유한하며

타율적이다. 그리고 지위가 높아지거나 능력이 커질수록 오히려 적게 받는 듯한 느낌이다.

이와 반대로, 무한하고 무형이고 계산하기 어렵고 매우 자율적인 '보상'이라고 말할 수 있는 것이 있는데, 유능하고 적극적이고 스케일이 큰 인물은 일을 통해서 레저와 같은 무한한 자기완성, 자기실현, 사회적 공헌을 통해 얻는 대가이다.

이런 가치 판단이 그 사람의 일생의 행·불행을 결정하는 것이다.

*

성공을 위한 디딤돌

1. 주위를 살펴보라. 쓸데없는 두려움이 당신의 앞길을 가로막고 있지는 않은가? 두려움이란 단지 마음의 상태일 뿐이다.

2. 두려움을 없앨 수 있는 습관들을 익히는 것이 중요하다.

3. 두려움은 흔할 뿐 아니라, 어떤 것은 정당하기까지 하다. 그러나 당신이 우유부단함과 의심에서 벗어나지 않는 한 두려움은 뿌리박은 채 자랄 것이다.

4. 돈을 생각하고 큰 부자가 되는데 변명만큼 장애가 되는 것도 없다.

소유에서 공유로 가치관을 전환하라

두려움은 인생이란 기계에 끼어 있는 모래알과 같다.
–스탠리 존스

'이웃사촌'이란 말이 있다.

소작농이 자작농이 되어, 작은 지주로서 자기의 생활을 풍부하게 만들려고 애쓰는 것은 좋은 일이지만, 이웃집에서 새로운 물건을 사들이면 곧 대항 의식을 발휘해서 훨씬 더 좋은 물건을 사들이려고 한다.

무엇보다 1년에 열흘 정도밖에 쓰지 않을 비싼 농기계를 구입해서 끝내는 빚진 돈을 갚지 못해 고심한 끝에 고향을 떠나 타지로 돈벌이를 나가는 악순환을 되풀이한다.

더구나 좁은 집안에 불필요한 소비재를 사들여 놓고–고양이 낯짝만 한 방에 불필요한 이부자리를 삐딱하게 깔고 잔다–라고 어느 외국 기자가 비꼬아서 보도한 예가 있듯이, 물건에 대한 집착이 너무 강한 욕구에 빚어진 결과이다. 그렇게 불필요한 물건을 사들이다 일생을 빚을 갚는 일에 소진하는 것은 얼마나 어리석은 짓인가.

앞으로 소유 가치가 아닌 사용 가치를 존중하지 않는다면, 더욱 살기가 어려울 것이다. 좁은 집 안에 전시

용으로 책을 많이 사들여서 마룻바닥이 빠질 정도의 어리석은 소유욕을 크게 줄이고, 도서관을 잘 활용하면 좋을 것이다.

자동차나 렌터카는 물론 경비를 절감시켜 주는 리스산업(전자계산기 등의 사무용 기계를 비롯해서 공작기계, 자동판매기 등을 임대해주는 산업)이 크게 발전하고 있는 것도 시대의 변화를 말해 주는 한 단면이다.

중소기업이 대기업을 흉내 내 휴양지에 숙소를 만들면 의외로 사원들은 기뻐하지 않는다. 왜냐하면, 똑같은 곳에 여러 번 가면 싫증이 나기도 하고, 대기업처럼 따로 관리인을 둘 여력이 없기 때문에 그곳을 이용할 때에는 사원들 스스로 먼지가 쌓인 방을 청소하고, 목욕물을 끓이고 자취하지 않으면 안 되는 번거로운 면도 있다. 휴가가 끝날 때에는 깨끗이 청소해 놓고 돌아와야 하는 수고가 뒤따른다.

그러고 보면 휴양하려고 갔는지 청소하려고 갔는지 알 수가 없어서 경원하게 된다. 그것보다는, 해마다 다른 곳으로 가서 바닷가에 있는 펜션이나 산에 있는 농막집을 빌리는 편이 좋고, 아니면 제각기 휴가비를 받아들고 각자 좋아하는 곳으로 마음에 맞는 사람과 어울려 가게 하는 쪽이 훨씬 자유롭고 편하다는 생각이다.

앞으로는 사용 가치를 존중하는 시대이므로 특히 선택의 자유를 선호한다.

국민의 세금으로 생활하고 있는 공무원의 공제조

합에서 세운 시설은 일반에도 공개되고 있는데, 이러한 레저적인 것을 공개적으로 해서 공유 가치를 모두가 즐기게 되면, 더욱 좋은 방법이 될 것이다.

공유 가치라는 점에서 크게 생각해야 할 것으로 대학이 있다. 우리의 대학도 독일처럼 좀 더 개방성을 갖고, 어느 학생이나 자기가 좋아하는 과목의 강의를 듣고, 어떤 대학에서 얻은 학점이든 종합해서 합격권에 들면 대학 졸업이란 자격을 취득하는 제도가 바람직하다. 그렇게 하면 무슨 대학, 어느 대학 하는 식으로 학교 이름에 구애되지 않으므로 학벌 없는 사회가 이루어지지 않겠는가.

*

성공이 당신의 존재를 완전무결하게 만들지 못한다

크게 성공을 거둔 여성도 철저하게 공격을 받는 경우가 있다. 성공한 남자도 예외는 아니다.

연예계의 슈퍼스타들도 평론가들로부터 심술궂을 정도로 공격을 받으며, 그 비난은 스타에게 상처를 준다. 권력자인 대통령도 신문 여론으로부터 공격을 받으면 움츠린다.

당신은 어떤 짓(아이들, 가족, 연인, 직업)에 대해서도 열정을 느낄 수 있으며, 이것들에 의해 상처를 받을 수가 있다.

상처받은 것을 두려워하지 말라. 상처를 뛰어넘어서 그 상처가 당신의 다음 계획에서 더 큰 성공을 거두는 데 힘이 될 수 있도록 이용하라.

당신은 휴식에서 무엇을 찾고 있는가

절망하지 말라. 꾸러미의 마지막에 달려 있는
열쇠가 자물쇠를 연다.
-체스터 필드

문명이 진보될수록 노동시간은 짧아지고 휴일이 늘어난다.

왜 이런 현상이 가능해졌느냐 하면, 바로 기계설비의 생산성이 향상되었기 때문이다. 즉 로봇화, 자동화에 의해 선진국 사람들은 마치 고대 로마 시대의 상류층 사람들이 많은 노예를 부리던 때와 같은 상태로 된 것이다.

가정주부의 경우도 다양한 전기 제품 덕택에 십여 명의 고용인을 고용하고 있는 것과 같은 입장에서 생활을 영위하고 있다고 한다.

그리하여 쉴새 없이 땀을 흘리며 일하던 사람들도 이제는 크게 생활의 여유를 가지게 되었다.

어쨌든 현대인이 여가를 즐기게 된 것은 참으로 좋은 일이다. 그런데 휴일에 무엇을 하느냐가 문제가 된다. 즉, 여가의 사용 방법, 활용 방법 등으로 각각 사람의 인생관, 혹은 행복관을 판단할 수가 있다.

놀음에 열을 올리는 것은 최하의 분류일 것이다. 돈을 거는 게임을 좋아하는 것도 이 부류의 사람들이다.

경륜 · 경마 따위의 공영 갬블에 참가하는 것은 돈을 버리려는 거나 다름없다. 표를 사면 그중 25%를 자릿세로 떼어 먹힌다. 이런 공영 갬블에서 돈을 벌겠다는 사람은 통계학적으로 말해서 바보 천치이다.

스포츠는 건전하다. 육체의 건강과 기록 향상의 기쁨이 크다. 낚시나 사냥은 살생을 겸하므로 다소 품격이 낮아진다.

일요일에 채소밭 · 분재 · 원예 등 식물을 상대로 해서 생물의 성장을 즐기고, 자연의 법칙을 체득하는 것은 최상의 여가다.

한편 동물을 사랑하는 것은 좋은데, 어쩌다 돌을 사랑하는 것 같이 되면. 인생도 메말라져서 스스로가 묘석이라는 돌 밑에 들어갈 것이라고 말하는 사람도 있다.

좀 더 발전하면 창작 활동에까지 범위가 넓혀진다. 가구 · 목공 · 편물 · 직물 · 도예로부터 회화 · 조각 등에 손을 대게 되면 자기실현의 욕구를 가진 단계이다. 시 · 소설 · 수필 · 과학 논문 등에 이르면 그 욕구는 훨씬 더 크다.

그리고 그중에 으뜸이 사회봉사 활동이다. 이것을 가리켜 '돈을 목적으로 하지 않고 일하는 여가'라고 말하는 사람도 있다.

이처럼 레저에도 여러 가지가 있다. 레저의 올바른

뜻은 '자기완성의 시간'이다.

*

인생이란 고통의 대가를 지불하는 공연장이다.

인생이란 대가이다. 당신은 인생으로부터 원하는 거의 모든 것을 노력으로 얻을 수 있다. 만약 당신 자신에게 주어지는 몫을 모두 다 차지하지 못한다면 무능하다는 말을 듣게 될 것이다.

아직 성공을 하지 못한 사람에게는 늘 역경이 닥치게 마련이다. 당신은 그 역경을 디딤돌로 삼아 성공을 쟁취해야 한다. 그러므로 당신 역시도 대가를 지불할 마음가짐을 갖지 않으면 안 된다.

물질적 가치에서 벗어난 행복의 길

내일을 위한 최선의 준비는 오늘의 할 일을
완벽하게 마무리하는 데 있다.
–윌리암 오슬러

우리 민족은 옛날부터 돈이 생활에 필요한 것임은 충분히 알고 있으면서도, 한편으론 인간의 마음을 더럽히는 것이라고 생각한다.

그러나, 지금은 배금주의가 널리 퍼져서 무엇에나 '돈, 돈'하게 되었다. 노동조합은 그런 경향을 크게 받들어 평균 임금 상승에 의해 나태한 자들을 두둔하게 되자, 막상 일 잘하고 가치를날 많이 창출하는 사람은 상대적으로 손해를 보는 사회를 만들어 놓았다.

이것이 사회의 병이고 망국병이라고도 말할 수 있는 원인이다. 물질주의나 황금만능주의는 인간성을 비참하게 만드는 경향이 있다.

요구만 내세우고 의무를 소홀히 하는 말 많은 무리가 설치고 질서를 파괴하기 십상이다. 이 점에 대해서는 최근에 노동조합 내에서도 반성이 일어나면서 이대로 나가면 노동조합의 존재 가치가 떨어지고, 조합 자체가 도산할 수밖에 없다는 위기의식에 사로잡히게 되었다.

물질이나 돈은 어떤 목적을 달성하기 위한 수단이며, 그 목적이 명확하지 못하면 단순한 물질주의 · 금전주의자로 되어 사람의 마음을 황폐하게 만든다.

사치한 물건을 손에 넣기 위해서 자기의 능력 이상으로 빚을 지는 행위를 하게 된 것 역시 '욕망의 선취 행위'이며, 참을성이 부족한 젊은이들에게 좋지 않은 생활 태도를 가져다주었다.

이것이 심해지면 급료의 가불은 물론 친구나 친지의 돈을 꾸어 쓰는 것도 모자라 사채를 빌려 쓰고, 노름으로 일확천금을 노리다가 마침내는 강도짓까지 하면서 인생을 망치게 되고 마는 것이다.

그러므로, 명목상 노동자의 임금 면에서는 세계 상위국이 되었고, GNP도 국민 1인당의 액수가 선진국과 맞서게 된 이상, 어느 위치에 도달한 생활을 근거로 더 높은 목적을 가진 삶을 보내게 되면 좋겠다는 생각이 든다.

불교에서는 깨달음을 얻는 것에 대해 해탈이란 말을 쓰는데, 이는 물질이나 금전의 속박에서 벗어나 행복을 얻게 된다는 것이다.

욕망에 얽매이지 말고, 구애되지 말고, 치우치지 말라는 〈반야심경〉의 가르침대로, 인생은 마음의 자유가 있을 때에 비로소 행복해지는 것이다.

토끼장이라고 말할 수 있을 정도로 좋은 집 안에, 더 이상의 물건을 사들이지 말고, 그보다 마음의 풍요로움을 가져다주는 훌륭한 것을 권한다.

*

삶의 향기를 음미하라

조그만 침대에서 긴 여름밤을 낭비하고 나서야 인생이 얼마나 귀중한가를 깨닫고, 50대 60대가 얼마나 빨리 다가오고 그 모든 것을 감사히 받아들이지 못한 것을 후회하게 된다는 사실을 젊은 시절에 깨닫게 하는 방법은 더 이상 없는 것 같다.

젊은 시절에 주어진 행복을 놓치지 않으려면, 모든 것을 이용하고, 모든 제안을 받아들이고, 무전여행도 해 보고, 주말에 다른 사람의 집에서 보내기도 하고, 하룻밤쯤 멋을 내기 위해 모피코트를 빌려 입어도 보고, 파티에서 남은 과일을 싸 들고 집으로 돌아와 보기도 해야 한다.

혹 근사한 보석이라도 있다면, 상자 속에 처박아 두지 말고 마음껏 사용하는 것이 좋다.

친구도 올바르게 이용할 줄 알아야 한다. 당신의 아파트로 친구들을 불러들여 즐기는데 사용될 수 있어야 하고, 즐거움을 얻을 수 있도록 사용되지 않은 그것은 당신이 낭비해 온 모든 것들 중에서 가장 큰 낭비가 될 것이다.

제 4 장

“ 한정된 인생을 최고로 사는 순위 ”

판단력에 의해 경영 관리의 승부가 결정된다

인격이 드러날 때는 중요한 순간이지만, 그 인격이 형성될 때는 보잘것없는 작은 순간이었다.
–필립스 브룩스

경영관리의 중요한 지위에 있는 사람은 매일, 매시간마다 업무가 폭주하고, 한편 접대도 해야 하기 때문에 분주하다. 이런 일을 처리 못하고 적절한 판단을 내리지 못하면 경영은 엉망이 된다. 아랫사람들이 아무리 분발하고 능률을 올려 일을 해도 상사에게 정체되어 귀중한 시간이 낭비되거나 업무의 흐름이 멈추면 예기치 않은 손실을 입는다.

또한 상사가 중요한 일을 뒤로 미루어 놓고 하찮은 일에 구애받거나 부하직원에게 시켜도 좋은 일을 혼자 도맡으면, 아랫사람은 일손을 놓을 뿐 아니라 바보로 만들게 되어 조직의 힘에 의해 배척당하는 사태까지 빚어질 수 있다.

따라서 중요한 지위에 있는 사람은 자기에게 집중되는 갖가지 업무를 신속하게 처리하여, 결코 정체시키는 일이 없도록 처리하는 것이 최우선이다.

대체로 하찮은 것까지 일일이 물으러 온다든지, 서류가 되돌아서 다시 온다든가, 회의에서 정하지 않으면 안 된다는 번잡함은 부하직원들에게 업무의 권한을 대폭적으로 위임하고 있지 않기 때문이다. 맡겨 두는 것이 적을수록 윗자리에 있는 사람은 더 괴롭기 마련이다. 자업자득이다.

업무를 적임자에게 잘 맡기는 수법은 리더십의 중요한 요소이며, 그런 경우에 무엇을 맡길 것인가에 대한 우선순위 판단력은 매니저를 평가하는 중요한 열쇠가 된다.

중요한 일을 남에게 맡겨 놓고 그 반대로 하찮은 일을 많이 떠맡는 것은 가장 어리석은 행위다. 그 분별을 잘 처리해야 리더로서의 판단력이 뛰어나다고 말할 수 있다.

일이란 열심히 하면 할수록 양이 더 많아진다. 그러므로 지위가 높아지고 경영관리의 규모가 커질수록 자신이 해야 할 일과 남에게 맡겨야 할 일의 구별을 분명하게 해야 한다.

그런 경우 어디서부터 분담해야 좋을지 불분명한 경우가 많다. 일상적인 일에 대해서는, 무엇을 맡기면 좋겠다는 것을 쉽게 파악할 수 있다. 그러나 자신이 직접 처리하지 않으면 안 되거나 또는 처리해 주기 바란다고 의뢰해 온 업무의 양이 너무 많아지면, 제아무리 유능한 인물이라 할지라도 처리 능력을 잃게 된다.

그런 경우라면 마음을 가다듬고 대처하기 위한 명언이 있다. '문제는 많이 있으나 세 개 밖에 없다'라는 것이다.

얼핏 보면 모순된 것 같지만, 그 의미는 다음과 같다.

즉, 문제가 아무리 많이 있다고 하더라도, 인간의 능력이란 한 번에 하나씩 판단하거나 결단할 수밖에 없다. 그러므로 문제를 중요하게 생각되는 순서로 늘어놓고 우선적으로 처리하는 방법이다. 이때 문제가 아무리 많더라도, 가장 중요한 세 개에 전력을 집중해서 판단하고 처리해 나간다.

가장 어렵고 중요한 세 개를 처리한다. 그다음 뒤이은 세 개에 손을 댄다. 이렇게 차츰 중요 순위에 따라 처리해 나가면, 어느 사이 일은 풀려서 성과를 얻을 수 있다는 것이다.

*

관리자를 줄여야 기업이 바로 선다

매일 매일 쏟아지는 품의서 결재에 쫓겨서 전체적인 상황에 대해서는 생각해 볼 시간적 여유나 마음의 여유가 없어진다.

이렇게 되면 조직은 전략 부재가 되고 경영은 악순환에 빠질 우려가 커지므로 경영자가 일상 업무로부터 해방되어 전략적인 과제들과 씨름을 할 수 있도록 결제라인과 업무의 범위를 과감히 축소하여야 한다.

유능한 리더일수록 여유 있게 성과를 올린다

삶을 두려워하지 마라. 삶을 살만한 가치가 있는 것이라고 믿어라.
그 믿음이 가치 있는 삶을 만든다.
–로버트 슐러

비즈니스 세계를 관찰해 보면 책임 있는 일을 하고 있는 인물들에게는 두 가지의 유형이 있음을 알 수 있다.

한쪽은 1년 내내 "바쁘다, 바빠!"하고 땀을 흘리며 동분서주하지만, 그만큼 성과가 오르지도 않고 부하들로부터도 받는 평가가 낮은 인물이다.

다른 한쪽은 겉보기에 여유 있고 조금도 당황하는 기색 없이 게으르게 일하는 것같이 보이지만, 결과적으로 좋은 성과를 올리고 상하의 신망이 두터운 인물이다.

전자를 '바쁜 체하는 사람' 후자를 '바쁜 사람'이라고 구분 짓는다.

바쁜 체하는 사람은 부하 직원에게 맡겨도 좋을 일이나 별로 중요하지 않은 일에 목을 매거나 또는 그런 일을 도맡아서 부질없이 에너지와 시간을 낭비하고, 정작 중요한 일을 뒤로 미루거나 혹은 업무의 중요 순위 판단을 잘못하고 있는 것이다.

한편 바쁜 사람은 그와 반대로 중요도나 긴급도가 낮은 일은 될 수 있는 대로 부하에게 맡기거나 뒤로 미루어 놓고, 앞에서 말한 세 개의 급소에 집중하여 일하는 사람이다. 이러한 사람은 부하직원들에게 해당 업무를 분배하여 맡기기 때문에 분발해서 성장한다. 그야말로 중지를 모아서 매듭을 짓는 오너의 능력이 있고 관리자로서도 높이 평가받게 된다.

일본 마츠시타 전기의 창업자 마츠시타 코노스케 회장은 청년기 몸이 약했기 때문에, 자신이 꼭 맡아서 처리해야 할 가장 중요한 일 외에는 모두 직원들에게 맡겼다. 그 결과 세계에서 가장 파이오니어적인 사업을 일으켜 조그만 읍내의 공장에서 출발하여 세계적 기업으로까지 발전하게 되었다고 정평이 나 있다.

코오단샤 창업자 노마 쇼오이치 사장은 아주 작은 일에까지 신경을 쓰고, 확인을 하지 않고서는 견디지 못하는 성격을 반성하고 자택이 회사 옆에 있는데도 발을 들여놓지 않고 중요한 사항은 자택에 임원들을 불러서 회의를 열어 처리면서부터 회사가 비약적으로 발전하게 되었다고 한다.

같은 업종 같은 시기에 출발한 회사 중에서 어느 것은 대기업으로 발전하고, 또 어느 것은 중소기업의 범위를 벗어나지 못하는 경우라면 반드시 위와 같은 중요순위 판단력의 차이가 큰 원인으로 되어 있다. 결국은 오너의 기량의 차이라는 얘기가 되는데, 사고방식이나 받아들이는 방법의 차이는 참으로 놀라운 것이다.

오너의 경우 뿐만이 아니라 중간 관리자의 입장도 마찬가지이다. '바쁘다'는 한자 '忙망'은 心심변에 '망할 亡망'을 쓴다. 풀이를 하면 '바쁘다는 것은 마음을 망친다'는 뜻일 것이다.

이런 일 저런 일 때문에 마음이 천 갈래 만 갈래로 흩어지게 되면 망치게 되는 것이다. 그리고 스트레스가 심하면 내장을 다쳐 생명을 위축시키게 된다. 그러므로 다망多忙의 내용을 음미함은, 그야말로 중요한 인생의 지혜이다.

잘못되더라도 주위 사람들로부터 '저 사람은 몹시 바쁘다'라는 말을 듣지 않도록 하는 게 좋다. '언제 일을 하려는 것일까?'하고 좀 이상하게 여겨지는 쪽이 더 현명한 방편이라 할 수 있다.

*

조직적인 계획을 세워라

뿌리지 않는 씨는 싹이 트지 않듯이 모든 일은 씨를 뿌리는 데서부터 시작된다. 그다음에 기후·물·바람과 같은 환경, 꽃을 피우고 열매를 맺는데 필요한 조건을 갖추는 것이다.

어떤 사람이건 자기가 좋아하는 일, 즐거운 일, 적합한 일이라면 능력을 100% 이상 발휘할 수 있다.

그런 분야의 지위를 얻고 싶을 때는 다음과 같이 해야 한다.

1. 어떤 직업, 직종에 종사하고 싶은가를 확인한다.
2. 일하고 싶은 장소를 선택한다.

3. 희망하는 근무처, 경영자, 상사에 대한 인상을 조사한다.
4. 자신의 재능, 능력을 분석하여 할 수 있는 일을 생각한다.
5. 직업이니까 하는 나태한 생각은 버린다.

최소의 힘으로 최대의 효과를 취하라

분수에 넘치는 야심 때문에 마음을 괴롭히지 않는다면,
대개의 인간은 작은 일로도 성공한다.
–롱 펠로

사회의 각 분야에서 성공한 사람들의 이모저모를 살펴보면, 그들의 방법에 다소의 개성적인 차이는 있으나, 대체로 앞에서 말한 바와 같은 중요 순서대로 판단을 지혜롭게 행해서 성공했음을 알게 된다.

어떤 경영자에게 성공의 비결을 물었더니 천천히 안주머니에서 작은 수첩을 꺼내고는 "이것입니다"라고 말하더라는 것이다.

그는 매일 밤 잠들기 전에 다음날 해야 할 일을 곰곰이 생각하여 중점 순위를 붙인 항목을 7개쯤 만들어 놓고, 차례로 하나하나 확실하게 처리하였다고 한다. 이렇게 10년간을 한결같이 계속하였더니, 오늘날과 같이 성장을 이루게 됐다고 담담하게 말하더라는 것이다.

이와 비슷한 이야기로 널리 알려져 있는 유명한 에피소드가 있다.

미국의 베들레헴 스틸이라는 회사에 어느 날 상담자로 자처하는 리이라는 사람이 찾아와서 슈와브 사장에게

면회를 요청했다. 무슨 일로 왔느냐고 물었더니, 당신의 회사를 획기적으로 발전시킬 비법을 가르쳐 주고 싶다고 했다. 이 제의에 슈와브 사장은 사업을 몇십 년 운영해 오고 있는 자기도 좀체로 잘해 나가지 못하고 있는 판인데, 문외한에게 무슨 비법이 있겠느냐며 그를 물리치려 했다.

그러자 리이는 "저는 당신에게 '찬스의 신'이 될지도 모릅니다. 속는 셈치고 20분간 시간을 내십시오."라고 했다.

유럽이나 미국에서 '찬스의 신'은 알몸에 기름을 바른 것같이 반들반들해서 붙잡으려고 하면 미끄러져 나가 잡히지 않고, 오직 이마 한 곳에 한 움큼의 털이 나 있는데, 이 찬스의 신이 한쪽으로 돌아다볼 때에 재빨리 그 머리털을 움켜잡지 못하면 놓치고 만다는 전설이 있다.

리이는 바로 지금이 그런 찬스라고 큰소리친 것이다. 그리고 다시 말하기를, 만일 그 20분 동안에 상담한 것이 신통치 못하면 돈을 받지 않겠으며, 한편 자신의 말을 활용해서 잘되면 나중에 성공의 대가를 주면 된다고 말했다.

그의 너무나 자신만만한 태도에 슈와브 사장이 시간을 내주자, 리이는 종이를 꺼내더니, 사장의 입장에서 일을 처리하지 않으면 안 되는 사항을 중요 순서에 따라 여섯 개만 써 달라고 말했다.

무슨 비법을 가르쳐 줄 것으로 생각했던 스와브 사장은 반신반의하면서 여섯 개 항목을 적어주었다. 그러자 리이는 "그 여섯 항목을 위에서부터 차분히 마스터하시고, 7위 이하의 일은 부하들에게 맡겨 두십시오. 그러면 꼭 성공하실 겁니다."라고 말하더니 자리를 떴다.

그의 행동에 느껴지는 것이 있었던 슈와브 사장은, "과연 그렇구나."라고 생각하여 그 중요 순위를 판단에 의해서 업무 방법을 개선하여 진지하게 실천해 보았다. 그러자 놀랍게도 회사의 업적은 눈부시게 향상하여, 몇 년 안 가서 크게 발전하였다.

그로부터 몇 달 후, 크리스마스이브에 난데없이 리이 씨 앞으로 크리스마스 선물이라고 명시한 수표가 날아들었다. 거기에는 2만 5천 달러가 기입되어 있었고, 슈와브 사장의 감사 편지가 동봉되어 있었다.

하얀 종이 한 장을 불과 20분에 2만 5천 달러에 판 사내라고 해서 리이는 유명인이 되었다. 하지만 리이도 훌륭했고, 이를 받아들인 슈와브 사장도 훌륭했던 것이다.

*

육감을 개발해야 한다

1. 육감은 잠재의식의 일부로 아이디어를 끌어내는 마음의 번득임이다.

2. 육감을 개발하라. 육감은 부자로 이끄는 눈에 보이지 않는 안내자다.

3. 영감과 예감이 육감을 통해 당신을 능력 있는 사람으로

무장시켜 줄 것이다.

4. 당신의 목적이 단순히 돈이나 기타 물질의 축적에 있다면, 자신의 내부에 있는 마음을 발전시켜 심사숙고해야 한다.

유능한 리더의 중요 순위 판단 요령

큰 성과는 작은 가치 있는 것들이 모여 이룩된 것이다.
확실한 결과를 얻으려면 한 걸음 한 걸음을
충실하고 힘차게 밟아야 한다.
–단테

위의 설명으로 알 수 있듯이 비즈니스맨은 주어진 조건과 기간 내에 무엇을 우선해서 중점적으로 일하느냐에 따라 유능한가 그렇지 못한가 판가름 된다.

그러면 유능한 비즈니스맨, 특히 관리 감독자와 같은 리더의 포스트에 있는 인물은 어떻게 판단력을 살리고 있는가. 그 요령 몇 가지를 소개해 보겠다.

유능한 사람은 앞에서 소개한 사장처럼 수첩을 이용한 방법은 참으로 훌륭하다. 능률 수첩은 비즈니스맨이 회사로부터 지급받기도 하고 자신이 구입하기도 하는 업무수첩의 내용을 보면, 대개는 왼쪽 페이지에 날짜와 요일별 예정 메모란이고, 오른쪽은 백지로 되어있다.

그 백지 부분에 진행해야 할 우선 순위의 중요 항목을 기입한다. 해결한 사항은 줄을 그어서 말소하고, 진행 중인 것은 다음날의 맨 선두에 기입한다. 이렇게 매일 메모하고 1주일이 지났을 때 정리해서 재검토해 보면 자기의 업무 상황을 잘 알 수 있게 된다.

수첩의 앞부분에 1년 계획의 '베스트 10'까지 메모해 두면 대단히 좋다.

항목은 많아야 10가지, 보통은 6, 7항목 정도가 가장 좋다. 왜냐하면 사람이 하루 동안에 전력을 다해서 해낼 수 있는 중요 사항은 그 정도가 한도라고 생각되기 때문이다.

그 '베스트 7' 또는 '베스트 10'을 선정하는데 있어서는 노트나 백지에 우선 생각나는 대로 자기의 해야 할 일을 하나하나 써서 나열해 놓고 그것을 앞서 말한 ABC 분석으로 분류를 한 다음 그중 A클라스인 것에 다시 번호를 매겨서 중요 순위를 정하면 된다.

견고한 일기장을 이용하는 사람들도 있다. 어떤 업무팀장은 5년 동안 일기를 써서 비즈니스의 전략적 업무로 활용하고 있다. 이렇게 하면 해마다 지난해나 전전년의 업무를 참고하면서 일할 수 있고 결정적인 중요 항목의 참고 자료로 삼아 실수를 미연에 막을 수도 있다. 또한 전과 비교를 해서 자기의 업무 능력이 어느 정도 향상했는가를 반성할 수 있는 지침도 된다.

또한 유능한 리더는 자기 한 사람만이 아니라 팀 전체의 한 주일 베스트 중점 항목을 종합해서 회의 때에 전달 · 확인 · 체크하거나 게시판에 써 놓기도 한다.

이와 같은 업무 진행을 상사와 부하직원 한 사람 한 사람 사이에 습관화되면, 이른바 '목표관리'가 된다. 이런 경우는 많은 시간을 필요로 하므로 3개월이나 6개월,

때로는 1년 이상이 걸릴지도 모른다.

이때 내걸어야 할 목표 항목이 구체적이고 중요 순위에 따라 7개 정도 제시해야 할 것은 물론이다. 달성 기간을 분명하게 제시되어야 할 것과 각 항목에 '매상 50% 증대'라든가, '불량률 20% 감소'라는 식으로 숫자로써 명기하는 것이 좋다. 성과를 분명하게 비교 확인할 수 있기 때문이다. 쉬운 것 같지만, 사실은 상당히 실행하기 어려운 업무상의 급소이다.

*

잠재의식을 활용한다

1. 당신의 잠재의식은 잠자는 거인과도 같다. 당신의 내부에서 잠자고 있는 잠재의식을 깨워 움직이게만 한다면 쉽게 목적을 이룰 수 있다.

2. 당신은 잠재의식을 실패 의식 또는 성공과 부의 의식으로 키워나갈 수 있다. 그 선택은 바로 당신에게 달려 있다.

3. 일곱 가지 소극적 감정이 무엇인가를 깨닫고, 그것이 마음속에 뿌리 박지 못하리라고 믿는다.

4. 전지전능한 에너지는 당신에게 기도에 대한 대답을 주어질 수 있도록 당신을 도울 것이다.

리더의 입장에서 보는 직원의 평가

생각하는 것이 인생의 소금이라면
희망과 꿈은 인생의 사랑이다. 꿈이 없으면 인생은 쓰다.
-캐런 리든

중요 업무 순위 판단에 대해서 여러 가지로 이야기해 왔으나, 무엇이 어느 정도로 중요한가는, 도대체 무엇을 기준으로 해서 판단하면 좋은가 하는 것이 문제가 된다.

물론 주체는 자기 자신이지만, 그렇다고 주관적으로 제멋대로 판단해서 결정해도 좋다고 말할 수는 없다. 자기 혼자 일하고 있는 자유업이라든가, 예술 분야에 속하는 일이라면 그렇게 해도 좋겠지만, 적어도 조직의 일원으로서 일하고 있는 이상은 당연히 조직 전체의 가치 판단이 전제되어야 한다.

따라서 무엇이 중요한가 하는 판단에 혼란이 생길 경우 가장 좋은 대책은 상사의 입장에서 생각해 보는 것이다.

상사가 된 적이 없기 때문에 그 입장에서 생각할 수 없다는 사람은 오늘날과 같은 경쟁의 시대에 리더의 지위에 오르기가 어렵다.

설령 직장에서 리더의 자리에 오른 적이 없더라도,

레저 클럽의 통솔자라든가, 노동조합의 간부, 아니면 동네 아파트 단지 등의 자치회에서 책임자로 있을 수 있다. 그런 직책을 가지고 있었다면 구성원들은 통솔해야 하는 상사의 기분을 알 수 있을 것이다.

그런 경험조차 전혀 없다면 상상력을 적용시켜야 한다. 소설가가 살인을 하지 않으면 추리소설을 쓸 수 없다든가, 남자이기 때문에 여자에 관한 것을 쓰지 못한다면, 더이상 강요도 없을 것이다.

프로란 아무리 겪어 보지 않은 일일지라도 상상력에 의해서 어떤 장면을 창조하여 마치 사실인 것처럼 표현해 놓는 사람을 말한다.

우리들은 소설가나 극작가는 아니지만, 상사의 입장을 예견할 수 없다고 말할 수는 없을 것이다. 그래도 잘 알 수 없을 때에는 어떻게 하면 좋을까.

그것은 아주 간단하다. 상사에게 물어보면 된다. 상사라는 상대가 거북하게 느껴져서 도저히 물어볼 수 없다면 선배에게 물어봐도 좋다. '남에게 묻는 것보다 더 좋은 지혜는 없다'라는 훌륭한 말이 있다. 이 비전을 실현하자는 것이다.

노동조합의 간부를 경험한 사람이 회사 경영에서도 간부로 참여될 확률이 큰 것은 평소부터 높은 곳에 서서, 즉 리더의 입장에서 생각하는 훈련을 자연스럽게 익혔기 때문이다.

또 다른 면은 중요 순위를 판단하는 데 있어 잊으면

안 될 중요한 것은 방관자의 입장에서 무엇이 중요한가를 생각해 보는 태도이다. 경영자라면 전체 사원들의 업무에 대해 손님의 입장에서 판단하라고 가르치는 듯하다. 그 결과 엄청난 실적을 사원들이 올리게 된다는 것이다.

다시 강조한다면 상사의 입장에 서서 생각한다는 것은 훗날 책임자가 되기 위한 매우 좋은 트레이닝이기도 하다.

*

우물 안에 있되 우물 밖을 생각하라

성공한 사장들은 '세계화'를 어떻게 생각할 수 있을까?

칼스버그 그룹의 플레밍 린델뢰프는 '최고의 국제적인 브랜드는 글로컬(Global+Local) 브랜드'라고 말하였다. 세계적으로 생각하되 지역적으로 행동하라는 말이다.

그는 성장의 기호를 찾아 덴마크라는 좁은 나라를 벗어났다. 그에게 세계화란 '입맛과 기호가 덴마크와는 전혀 다른 지역에서 외국산 고급 제품이라는 이미지를 심어 놓는 일'이다.

지역 특성에 맞는 제품을 효과적으로 광고하면서 외제라는 느낌을 최대한 살린 것이다. 그는 평소 "우물 안에 있되 우물 밖을 생각하라."라는 말을 즐겨 사용했다.

급한 일은 바쁜 사람에게 맡긴다

바람과 파도는 항상 유능한 항해자의 편에 선다.
–에드워드 기번

상사는 부하직원에게 어떻게 일을 맡겨야 하는가에 대해서 역사상의 인물을 예로 들어 설명해 보고자 한다.

나폴레옹의 예를 들면 워털루의 싸움에서 패배할 때까지는 말 그대로 연전연승의 훌륭한 전과를 올리고 있었다. 코르시카 시골 태생의 작은 체구의 사내가 프랑스 황제의 지위에까지 오르게 된 데에는 그야말로 대단한 노력이 있었을 것은 새삼 말할 필요가 없다.

포술에 수학을 이용하고 농민 출신의 병사들을 교육해서 직업 군인 나이트기사騎士를 격파했다든가, 유능한 장교의 이름을 철저히 기억해 두었다가 격전장에서 그의 이름을 소리 높이 불러 용기를 주었다고 하는 등의 에피소드가 전해지고 있다.

한편 나폴레옹은 부하에게 일을 효과적으로 시키는 명인이었다고 한다. 그는 화급을 요하는 중대한 임무는 중요한 일을 많이 떠 맡은 바쁜 사람에게 명령하기 일쑤였다.

바쁜 사람은 업무 순위에 대한 판단력이 뛰어나서

예고 없이 전개되는 급한 일도 어떻게 처리하면 좋은가를 잘 알기 때문이다.

이와 반대로, 그런 일을 바쁜 체하는 것으로 머뭇거리는 사람에게 맡기면 더욱더 혼란을 가중시키고 매사에 한가한 사람은 능력이 낮으므로 기대를 충족시켜 주지 못한다는 것을 나폴레옹은 잘 알고 있었던 것이다.

훌륭한 상사는 모두가 이와 같은 방법을 취한다. 중요한 일일수록 판단력이 뛰어난 부하를 쓰고 싶어 하기 때문이다.

*

프로는 누구인가?

프로가 되기 위한 사람이나 분야는 따로 있는 것이 아니다. 특정 분야에 오래 종사하였다고 프로가 되는 것도 아니다.

자기 일을 수행함에 있어 애정과 관심을 가지고 꾸준히 노력하여 좁은 영역에서라도 자신의 세계를 개척하여 전문성을 인정받은 특화된 사람들을 말한다. 비록 다른 것은 모르더라도 한 분야에서는 신뢰하고 믿을 수 있는 신념을 파는 사람을 말한다.

판단력 뛰어난 리더는 주위 사람을 잘 활용한다

성공하려면 남의 등을 떠밀지 말고 자기가 뜻한 일에는
한눈 팔지 말고 묵묵히 나가야 한다.
이것이 성공이 뛰쳐나오는 요술 주머니다.
–B. 프랭클린

판단력이 뛰어나서 가장 중요한 일에 우선적으로 에너지를 기울여 성과를 올린다는 것은 뒤집어서 말하면 중요도가 낮은 일은 후배나 부하에게 맡긴다는 것이다.

ABC분석적으로 설명하면, 꼭 자기가 하지 않으면 안 되는 A클라스의 일은 자신이 책임을 지고 수행하며, 자신이 해야 잘 될 것 같은 일이라도 중요도가 다소 낮은 B클라스의 일이 잘되지 못하면, 모처럼의 득점이 감점으로 되어버린다. 그러므로 판단이 뛰어난 인물은 남에게 일을 시키는 데에도 뛰어나지 않으면 안 된다는 것이다.

그러면, 남에게 '시킨다'는 것은 어떤 의미인가를 생각해 보자. 시킨다는 것은 실제에 있어 가르치는 것이다. 가르치고 익숙해지게 함으로써 맡은 일에 자신감을 갖게 되고, 그다음에는 안심하고 일을 분할해서 순서에 의해 신중하게 단계적으로 가르친다. 또 한편으로는 이론적 · 과학적인 설명을 해서 납득시키고, 자신감을 갖게 해준다.

부하나 후배로서 일을 맡게 되는 것은 곧 상사로부터 신뢰받고 있다는 것을 의미하기 때문에 사기가 오르고, 따라서 생산성도 차츰 높아지고, 일에 대한 자신감이 생기게 되어 인간적인 면은 물론 올바른 직장인으로 성장한다. 좋은 현상이다.

대체로 이런 수준에 이른 사람의 3분의 1은 예상을 넘어서 100% 이상의 작업 성과를 올린다고 한다. 다른 3분의 1은 90% 내지 100%를 해 낸다. 그러면 나머지 3분의 1인 경우 50~70% 정도밖에 해 내지 못한다는 예상대로의 결과를 보여준다. 그렇다면 3분의 2는 예상 이상으로 빠르게 성장해서 기대를 충족시켜 주기 때문에 이들에게 안심하고 일을 맡기게 된다는 것이다.

맡은 일에 기뻐하며, 더욱 분발해서 성장해 가고 있는 동안 중점적으로 일을 하여 성과를 올린다. 그야말로 일거양득이다. 그리고, 차츰 생겨난 여유를 활용해서 상사를 보좌하여 주위로부터 인정을 받게 되고 스스로 상사가 될 준비도 할 수 있음으로, 더 말할 수 없는 좋은 기회가 될 것이다.

그리하여 모두가 연쇄적으로 한 급수 위의 클라스에 속하는 일을 할 수 있게 되면, 기업도 전체적으로 한 단계 성장한다.

따라서 중요 순위 판단에 따른 중점적인 업무 추진

방법은 기업의 발전에 있어서 불가결한 매니지먼트의 요체라고 말할 수 있을 것이다.

*

당신은 확실히 성공한다

1. 약한 사람일수록 무모한 짓을 하지 않고 기회를 참을성 있게 기다린다.

2. 성공한 사람은 기회를 잡았을 때 적극적인 힘으로 붙잡는다.

3. 계획성을 갖고 문제에 몰두하지 않으면 시간을 낭비하게 된다.

4. 건강하지 않으면 안 된다. 육체뿐만 아니라 정신적으로도 건전하지 않으면 충분한 노력이나 행동이 불가능하다.

5. 자기 자신을 확립시키고 신념과 자신을 갖는다.

6. 균형을 잃지 않는 중용의 사고를 지닌다.

7. '오늘 하루'를 힘껏 외치고 마음대로 꿋꿋하게 살아간다.

어디서부터 해결해야 할지 잘 모를 때

스스로를 신뢰하는 사람만이 다른 사람에게 성실할 수 있다.
—에릭 프롬

업무의 중요도에 따라 구분해 놓은 일을 중점적으로 해결해야 한다고 말해 왔으나, 그야말로 산더미처럼 많은 일과 문제가 일시에 밀어닥칠 경우에는 어떻게 대처해야 하는가.

일의 우선 순위를 정할 수도 없다는 것은, 예를 들어 대지진이 일어나서 모든 것이 붕괴하여 잿더미가 되었을 때, 그러한 폐허 앞에서는 참으로 무엇부터 손을 대어야 좋을지 아예 엄두조차 나지 않는다.

일상생활에 있어서도, 비록 지진의 경우만큼 심하지는 않더라도 예기치 않은 새로운 문제가 발생해서 어쩔 줄 모르게 되는 일이 흔하다는 것이다.

이런 경우의 좋은 방법을 필자는 어떤 선배로부터 배운 적이 있다.

"무엇부터 손을 대어야 좋을지, 무엇이 가장 중요한지 쉽게 판단이 서지 않을 때에는, 가장 쉬운 것부터 손을 대면 좋다. 그렇게 해서 손과 머리를 움직이고 있는 동안에 차츰 요령이 생길 것이다……."

실제로 그렇게 해 보니 그대로였다.

'해결한다는 말의 의미는 바로 이런 것이었구나' 하고 겨우 깨달았던 것이다. 우선 닥치는 대로 정리해 나가는 가운데 무엇이 중요하고 중요하지 않은가를 터득하게 된다. 또한 어떻게 하면 요령 있게 중점적으로 처리할 수 있는가 하는 요점을 알게 되는 것이다.

그렇게 하노라면 차츰 순위 판단력이 생겨나게 되어, 처음에 예상하고 있던 것보다 훨씬 짧은 시간에 모든 것을 해결할 수 있는 요령을 터득하게 된다.

머리로는 아무리 생각해 봐도 해결할 방법을 알 수 없으나, 막상 실행해 옮겨 보면 의외로 빨리 급소를 알게 되어 일이 잘 풀려나가는 경우가 있다.

실증주의實證主義는 그러한 종합적인 견해이며, 시행착오에 의해서 인간은 진보한다고 주장한다. 이 견해는 대단히 도전적이며 중요한 행동 방식이다.

*

성공한 사람은 창조의 중심이다

기업가는 고독한 위치에 있는 사람이다. 그 자리는 냉엄하고 쓰라린 고통이 따르는 직책을 소유한 사람이다. 24시간, 그가 겪어야 하는 스트레스와 긴장은 크게 수지맞는 업무라고 할 수 없다. 그러나 달리 생각해 보면 그 이상 보람 있고 즐거운 직무가 어디에 또 있겠는가?

한정된 인생을 살기 위한 순위

한 번도 실패하지 않은 사람이 아니라 실패할 때마다 조용히,
그리고 힘차게 일어나는 사람이 영광을 얻는다.
–골드 스미스

이제까지는 비즈니스를 중심으로 중요 순위 판단력에 대해서 이모저모를 설명해 보았다. 비즈니스의 세계뿐만 아니라 인생 전반에 걸쳐서 생각해 보면, 우리는 중요 순위 판단에 의해서 행·불행이 결정되는 것을 볼 수 있다.

앞에서도 말한 것처럼 어른으로 성장하면서 진학·취직·결혼이라는 세 차례의 큰 전기를 맞이하여 스스로 내린 판단에 의해서 인생의 삶이 좌우된다는 것은, 누구나 잘 알고 있는 일이다.

매일매일 신문이나 텔레비전을 통해 보도되는 사회면의 뉴스 내용은 살인·정사, 실종, 조난, 자살, 테러 등 무책임하게 생명을 끊는 사건들이 어김없이 등장하고 있다.

또 한편으론 폭주족·은행 강도·학원 깡패·부정부패에 오염된 관리와 정치가들…… 그들은 무엇을 다행으로 여기면서 살고 있는 것일까 의구심을 가져 본다.

그러나 나병환자를 간호하는데 일생을 바친 천사 같은 여성들도 있고, 아프리카의 오지에서 토착민 치료에 생애를 바친 시바이처Schweitzer, Albert, 1875~1965 같은 의로운 사람도 있다.

그는 세계적인 오르간 연주자로서 풍요한 일생을 보낼 수 있었는데도, 편안한 생활을 등지고 40세에 의술을 배워 남들이 꺼리고 있던 아프리카의 오지로 뛰어들었던 것이다.

그런가 하면 겨울의 얼어붙은 새벽에 목욕재계하고 수행하는 승려들의 경건한 모습에 매료되어 절에 묵으면서 아침에는 죽을, 점심과 저녁에는 검소한 식사로 하루 하루를 지내보면, 감심하지 않을 수 없게 된다.

저런 것도 인생, 이런 방법도 인생, 어느 것이나 본인의 의사에 의해 선택된 삶이라고 단정해 버리면 할 말이 없지만, 어쨌든 사람이 무엇을 위해서 살 것인가 하는 판단에 따라 일생이 좌우된다고 생각하면, 그저 무섭기만 한 인생사이다.

교육이나 종교는 인생에 강한 영향을 주어야 할 텐데도, 경제적으로 풍요해지게 됨에 따라서 오히려 교육이나 종교가 타락하여 무력해진 것같이 생각됨은 우리의 잘못된 생각일까.

비즈니스에 있어서의 경영적 판단도 궁극적으로 이러한 인생을 어떻게 생각하느냐 하는 판단에 따라 크게 달라지게 될 것이다.

우주나 지구는 인간만을 위해서 존재하는 것은 아니다. 한편 어느 한 사람만의 유아독존일 수도 없다. 인간 역시도 다른 동물과 같은 존재로 그 어느 한 편이 우위라고 말할 수는 없고, 생물이나 무생물도 따지고 보면 구별지을 수 없다는 견해가 있다. 석가의 깨달음이 바로 그런 것이라고 말하는 사람도 있다.

그럼에도 불구하고 우리의 인생은 중요하고, 인간의 존재는 위대하며, 인간의 일생은 두 번 있을 수 없음을 지적하고 그 가치를 가르친 데에 석가의 위대성이 있고, 깊은 예지가 있다고 할 것이다.

단순히 돈벌이를 하는 것만으로 정력을 소모하는 남루한 인생은 가지고 싶지 않다. 자신이 살고 있었던 흔적을 하나라도 남겨 놓고 삶을 마치고 싶다. 모방이 아닌 창조적인 인생을 누리기 위해 노력하고 싶다는 참된 삶을 가르쳐 준 선인들의 자취를 따라 걷고 싶은 것이 참된 인생인 것이다.

*

유태인의 비즈니스 10계명

1. 계약은 생명이다. 우리는 하느님과도 계약했다.
2. 서명은 신중하게, 운명이 걸려 있다.
3. 막히면 뚫어라. 모든 길은 마음에서 나온다.
4. 온 세상이 장삿거리다. 푸른 하늘의 구름도 쥐어짜면 비가 된다.

5. 올바른 장사를 하려면 시장으로 가라.

6. 신용이 없으면 문이 열리지 않는다.

7. 한 우물을 깊이 파라. 맑은 물이 용솟음칠 것이다.

8. 정보수집에 거래 성패가 좌우된다.

9. 체면과 형식에 얽매인 자는 알맹이가 없으니 멀리하라.

10. 유태인이 세계 경제를 좌우한다는 이방인을 경계하라. 곧 칼을 들이댄다.

제 5 장

“종이 한 장 차이가 인생을 바꾼다”

종이 한 장의 차이가 인생을 바꾼다

그대가 얻고 싶은 것을 남이 가졌거든 남이 그것을 얻기에 바친 노력만큼 노력하라.

–힐티

'종이 한 장 차이'라는 말로 옛날 사람들은 훌륭한 표현을 생각해 냈다.

사람은 죽은 뒤 모두 똑같은 해골로 되어버리는 한 꺼풀에 불과한 얼굴의 미추美醜에 미혹되는 것은 어리석은 일이라고 말했지만, 사실은 그 한 꺼풀이 중요하고, 이것이 있는 탓으로 화장품 산업이나 미장원, 영화배우 등이 생겨난 것이다.

종이 한 장의 차이도 안 되는 그 한 꺼풀에 의해 미천한 집의 딸이 재벌 집으로 시집가기도 한다. 이것이 인생이다. 한 꺼풀이나 종이 한 장 차이에 인생의 묘미가 있는 것이다.

이 종이 한 장 차이라는 것은, 가장 중요한 대목에서의 판단의 차이다. 바꾸어 말하면 앞에서 말한 양자택일의 판단이라는 것과 같은 이야기인데, 그 판단의 차이가 천지 차이를 만드는 것이다.

예를 들면, 발명왕 에디슨이 전화기 발명에 열중하고

있을 때, 원통에서 부웅하고 잡음이 나는 것을 발견했다. 잘 살펴보니 회전하고 있는 원통에 철사가 닿았기 때문이란 것을 알게 되었다.

보통 엔지니어라면 그 바늘을 떼어 놓아서 잡음이 없어지면 그것으로 끝냈겠지만, 에디슨은 거기서 힌트를 얻어 축음기를 만들어냈다.

오늘날의 훌륭한 레코드 문화, 녹음 문화는 바로 그 에디슨의 발견에서 싹이 텄다. 그런 작은 관심을 힌트로 삼아서 활용하느냐, 않느냐는 것은 참으로 종이 한 장의 차이지만, 이것이 인류의 행복, 풍요에 끝없이 공헌하느냐, 못하느냐 하는 갈림길이라고 말할 수 있을 것이다.

마찬가지로 에디슨이 인류에게 제공한 문화의 선물인 영화(활동사진)를 보자. 당시에 경마에서 잘못된 판정 때문에 언쟁이 자주 발생했다.

이에 에디슨은 여러 개의 사진기를 늘어놓고 연속적으로 찍어서 증거로 삼으면 분쟁이 발생할 필요가 없다는 착안을 했다.

그렇게 찍은 사진들을 빠른 속도로 움직이면 말이 달리는 모습을 관찰할 수 있을 것이라는 생각을 한 것이다.

사소한 것, 하찮은 요구에 대한 희망도 소홀히 지나쳐 버리지 않고 성취시키느냐 않느냐 하는 차이에 의해, 즉 종이 한 장 차이로 새로운 가치가 결정되는 것이다.

대수롭지 않은 판단에 의해서 결정적인 차이가

생긴다는 것은 발명이나 창조의 세계에는 얼마든지 있다. 발명이나 창조의 세계뿐만이 아니라, 유명한 사람들의 전기나 전설에도 등장하며, 우리들의 일상생활에도 흔히 있다.

상점에서는 손님이 나갈 때에 그저 "안녕히 가십시오"라고 인사하는 경우와 "다음에도 또 찾아주십시오."라고 당부하는 경우가 있다.

둔감한 사람은 그 어느 쪽으로 인사해도 마찬가지라고 생각할지 모르지만, "다음에도 또 찾아주십 시오."라고 간곡하게 인사하는 편이 훨씬 더 좋은 것이다.

*

성공과 실패의 차이

인생에 있어서 성공과 실패의 갈림길은 매우 단순하고도 간단한 차이가 있다. 성공한 사람은 중요하게 생각하는 데 실패한 사람은 가볍게 생각하고, 성공한 사람은 실행하는 데 실패한 사람은 실행하지 않아서 생긴 결과가 그 차이점이다.

종이 한 장의 차이가 생사를 가른다

자만심은 인간이 자기 자신을 너무 높게 생각하는 데에서
생기는 쾌락이다.
–스피노자

인생을 결정적으로 좌우할 수 있는 종이 한 장 차이의 판단은, 오랜 생각 끝에 내리는 것이 아니라, 예기치 못한 때 눈 깜짝할 사이에 결정하지 않으면 안 된다.

더구나 그것이 인생을 좌우할 만큼 중대한 판단이라고 생각되면, 한순간이나마 깊이 생각하여 보는 것도 불가능하지는 않을 것이다.

인간은 빌딩 꼭대기에서 투신 자살할 때에도 보도에 떨어져 즉사하기까지의 몇 초 동안에 자기 일생의 과거를 돌이켜 볼 수 있을 정도의 초능력을 가지고 있는 존재이므로 순간적인 판단이 가능한 것이다.

비록 의식적으로는 중대한 판단을 하지 않은 듯 하지만, 무의식적이거나 반 의식적으로 눈 깜짝할 사이에 중요한 판단을 내리는 것이다. 그러므로 까맣게 잊고 있었든 장면을 똑똑히 기억해 낼 수 있다는 것이다.

따라서 눈 깜짝할 사이에 종이 한 장 차이의 판단을 그르치지 않기 위해서는, 무의식의 영역에서 올바른

판단을 내리도록 판단의 단서가 될 데이터를 평소에 가능한 한 많이 두뇌에 저장해 두는 수밖에 없다. 이것은 어려운 일같이 생각되겠지만, 사실은 별로 걱정할 단계가 아니다.

무의식적인 판단을 직감이라고 한다. 직감이라는 것은 스포츠맨이나 기술자 등이 잘 쓰는 말이다.

이 직감은 '느낌'이기도 하다. 오랫동안의 삶의 여정에 의해서 신체 속에 간직되어 있는 소중한 지혜이다. 호흡이라고 말할 수도 있을 것이다.

이 직감은 오랜 경험과 학습이 축적된 데에서 포착되어 나오는 것이어서, 마치 삶의 농축된 것으로부터 스며 나오는 '에센스'와 같다. 말하자면, 일조일석一朝一夕에 이루어지는 인스턴트식의 경험이나 학습으로서는 도저히 얻을 수 없는 체험의 정수이다.

이 종이 한 장의 판단이라는 직감을 양성하는 방법은, 그야말로 개인의 과거 모두를 동원하는 것이라고 말할 수 있으나, 가장 기초적인 것으로 취미와 실익을 겸한 재미있는 방법을 배워 두기 바란다.

그 한 가지 방법으로 읽든 책을 덮어놓고 '나 같으면 이렇게 할 것이다'라는 생각을 한 다음에, 다시 책을 펴고 읽기를 계속한다. 그렇게 하면 실제의 주인공의 판단과 자기의 판단을 비교해 볼 수 있다.

판단이 일치하면 두말할 것 없이 성공적이며, 틀린 경우는 왜 틀리는가를 잘 생각해 본다. 이렇게 하는 것이 판단의 공부이다. 추리소설을 읽으면서 척척 직감으로 미리 결론을 알아내는 훈련을 하는 것도 좋다.

*

만족한 삶을 위한 비결

1. 자신을 과소평가하지 말고 유능한 사람이라고 생각하라.
2. 자기 연민을 버려라. 자신이 가진 것만을 생각하고 잃은 것은 생각하지 말라.
3. 대가를 바라지 말고 주위 사람들에게 도움을 준다.
4. "강인한 의지가 있는 자가 세계를 정복할 수 있다"는 괴테의 말을 되새겨라.
5. 목표를 가져라. 그리고 그것을 실천할 시간표를 작성하라.
6. 지금 해야 할 것이 무엇인가를 생각해라.

종이 한 장 차이가 패배를 승리로 바꾼다

하나의 작은 꽃을 피우기 위해서는 오랜 세월의 노력이 필요하다.
—블레이크

종이 한 장 차이란 말은 경쟁이 벌어졌을 때에 잘 쓰인다. 스포츠, 입시 전쟁, 그리고 기업에서의 경쟁들 모두 마찬가지이다.

어떻든 종이 한 장 차이라는 것에 대해 좀 더 생각해 보기 위해서 입시 전쟁을 예로 들어보자.

일류 대학을 향해 쇄도하는 고교생·재수생의 경우, 대학 정원의 2배 정도까지는 실력이 엇비슷해서 종이 한 장 차이라고 말해도 좋다. 나쁘게 말하면, 도토리 키재기와 같다. 실력은 거의 평균화되어 있으니까. 그 외에는 기력의 차이, 집념의 차이이다.

대학 수험기의 연령이란 것은 다감하고 육체적으로도 욕망을 억제하지 못하는 시기이다. 그러니까 자신의 그런 욕망을 억제하고 얼마나 에너지를 집중할 수 있느냐 하는 의지의 싸움이 곧 입시 전쟁이다. 이런 의미에서 입시 전쟁은 나쁘지 않다. 한국인의 대다수가 이런 환경에 단련되어지고 있다고 평가하는 외국인도 있다.

능력 면에서 거의 평균화 되어 있는 무리가 한 덩어리로 질주하고 있는 마라톤의 경우와 흡사하다. 우승을 목표로 하는 높은 수준의 선수들은 반환점까지는 거의 무리지어 달린다. 그러다 결승선에 가까워지면서부터는 차츰 차이가 생겨서 우열이 확정된다.

경기 전 충분히 연습을 했고, 또한 연습 때의 기록이 비슷했는데도, 시합에서는 어째서 이렇게 큰 차이가 나는 것일까. 이에 대해 컨디션이 나빴다고들 흔히 말하지만, 핑계인 경우가 많다. 참된 이유는 앞에선 말한 기력, 집념의 차이이다.

싸움이 절정에 달했을 때에는 심장이 찢어져 나갈 것 같은 어려운 고비가 닥친다. 괴롭다 못해 쓰러질 것 같은 마지막 승부다.

이런 때, 내가 괴로우면 상대 또한 괴롭기 마련이다. 여기서 어떻게 더 버텨 나가느냐 주저앉느냐 하는 것이 승리의 갈림길이므로 필사적으로 버텨 나가는 자가 이기는 것이다. 여기서 상대와 종이 한 장 차이를 분명히 의식하여 마지막을 다 하느냐, 아니면 스스로 자신의 괴로움에 지고 마느냐, 이런 차이이다. 스포츠에 전념한 사람이라면 당연한 경험일 것이다.

이러한 종이 한 장의 차이가 마침내 결정적인 큰 차이로 되어 승부가 결정된다는 것은, 스포츠뿐만 아니라 다른 모든 경쟁에 해당된다.

구조 면에서 불황 업종이 되어 인원 정리를 행하지

않으면 존속할 수 없는 곤경에 빠졌을 때, 이를 악물고 버텨 나가는 기업이야말로 장래의 승리자가 될 수 있다.

물론 구조 불황 업종을 면하려면 체질 개선을 단행하지 않으면 안 된다. 그러한 때에는 종업원 모두가 죽을 먹으면서도 버티느냐 않느냐에 의해 승부가 결정된다. 그러한 경우 종이 한 장 차이라고 하는 최대한의 결의가 기업의 운명을 결정한 것임이 나중에 밝혀지게 된다.

*

끈기를 길러야 한다.

1. 목표를 손에 넣기 위해서는 목표 달성을 방해하는 당신의 약점을 알아내고 없애야 한다.

2. 목표 금액을 손에 넣고 싶다면 제일 먼저 끈기를 길러야 한다.

3. 인내력을 가지고 성취 의욕을 키워라. 그럼 바라는 바를 모두 얻을 수 있을 것이다.

4. 일이 잘되지 않았다면 그 이유를 자세히 살펴라. 그럼 해답을 찾게 될 것이다.

종이 한 장 차이가 상대보다 큰 수를 낸다

목적이 먼 곳에 있으면 있을수록, 노력의 결과를 보고 싶다는 생각이 적으면 적을수록 성공의 정도는 높고 넓어진다.
–존 러스킨

종이 한 장 차이를 돌파해서 남을 리드하는데 매우 유효한 방법은 '상대방보다 큰 수를 쓰라'는 것이다.

이야기가 조금 빗나가지만, 정치나 사상의 세계에는 극우니 극좌니 하는 말이 있다. 이런 말을 들으면 왠지 1백 80도 다른 것 같은 생소한 느낌이 드는데, 그것은 1차원의 직선에서 생각하고 있기 때문이다.

이런 사고방식은 극우와 극좌는 한없이 멀어져 버린다. 한편 사고방식을 바꾸어 원형으로 생각해 보면 극우와 극좌는 종이 한 장 차이라는 결론에 도달한다.

그래서 극좌파 사람이 돌연 극우파로 전향하는가 하면, 그 반대가 되기도 한다. 크게 전환한 것처럼 착각하지만, 원래 종이 한 장 차이의 이웃간이었기 때문에 자신도 모르게 간판이 바뀐 것은 조금도 이상할 것 없다.

설명의 예가 다소 부족한 감이 있지만, 내가 말하려 했던 내용과 큰 차이가 있는 것같이 보이지만, 사실은 아주

미미한 차이다. 바꾸어 말하면 종이 한 장 차이도 3백 60도의 큰 차이로 생각될 수 있다는 말이다.

즉, 3백 60도의 원을 3백 57도, 3백 58도까지 육박함으로써 0.01의 종이 한 장 차이로 좁힐 수 있다는 발상법이다. 종이 한 장 차이까지 줄이고도 도저히 상대방을 능가하지 못하는 것은 눈에 보이지 않는 3백 60도의 축적 탓이다.

한 경제신문에 마침 인용하기 알맞은 에세이가 실렸다. 어느 관악기 전문 연구자의 고심담이다.

서독에 유학해서 금관악기 마스터의 자격을 얻었는데, 오래전부터 전해 오는 명기밖에 사용하지 않는 빈 필하모니 교향악단의 악기를 명기로 채택시키기까지의 이야기이다.

아이다 트럼펫이라는 팡파르용 악기를, 처음에는 그 나름으로 익혀온 기술과 음향공학을 총동원해서 만들었는데도, '어딘가 약간 틀린다'는 지적을 받았다.

컴퓨터로도 측정되지 않을 정도로 미묘한 소리의 차이를 알아낼 만큼 대단한 귀를 가진 사람들 뿐이므로 좀처럼 승낙이 떨어지지 않았다. 고심참담한 끝에 겨우 알아낸 것은 형태가 아닌 금속 재료의 차이 때문이라는 점이었다.

옛부터 명기로 알려진 악기의 금속 재료에 불순물이 0.1% 정도 섞여 있었던 것이다. 옛날에는 주조 기술이 불완전해서 아연과 구리 이외의 불순물이 섞여 들어갔는데,

그것이 오히려 뭐라고 말로 설명할 수 없는 음색의 원인이었으니, 참으로 재미있는 일이다.

그리하여 악기에 고의로 그 불순물을 넣어서 만들었더니 되더라는 것이다.

이 이야기를 읽고 생각나는 것은 노벨 물리학상 수상자인 일본의 에자키 레오나江崎玲於奈 박사의 이름을 세계적으로 높여준 '에자키 다이오드(전자계산기의 초소형화를 가능하게 한 인자)' 탄생의 에피소드이다.

박사는 당시에 99.999……란 식으로 철저히 순도를 추구했는데도 도무지 일이 잘되지를 않았다.

그런데 어느 날 여자 조수가 "반대로 약간 불순물을 넣어 보면 어떨까요."라고 말했다. 이에 힌트를 얻어서 시험해 보았더니 뜻밖에도 성공을 거두게 되었다는 것이다.

*

단순한 것의 집합

"아마추어는 사물을 복잡하게 한다. 프로야말로 간단하고 명쾌하게 설명할 수 있다."

데카르트는 생각하는 방법에 관하여 쓴 『방법서설』이라는 책에서 "복잡한 것은 단순한 것의 집합이다."라고 말하였다.

종이 한 장이 차이가 행동의 혁명을 일으킨다

세계는 한 권의 책이며, 여행하는 사람은 다만 그 책의
한 페이지를 읽었을 뿐이다.
– 아우구스티누스

사물은 제3자의 입장에서 객관적으로 생각해 봄으로써 보다 정확하게 판단할 수 있다. 그러므로 종이 한 장 차이의 판단에 관련해서 좀 더 설명해 보기로 한다.

앞에서도 설명했듯이 기업의 경쟁이나 국가 간의 경쟁에서 이기기 위한 새로운 제품 개발에 있어 종이 한 장의 차이로 고비를 돌파하지 못해 고심하는 경우가 흔히 있다.

구로동의 한 작은 공장은 자기들 만이 개발한 유일한 상품인 목공기계 메이커인데, 불황 상태의 업계에서 믿어지지 않을 정도로 훌륭한 업적을 올려서 '불가사의한 회사'로 불리운다.

그 공장의 P사장은 뉴턴 역학을 중심으로 물리학을 철저히 공부한 사람인데, 사원 모두가 개발 엔지니어로 대기업에서 견학하러 올 만큼 실력을 갖고 있다. 사장은 거의 매일 직원들에게 입에 침이 마르도록 객관적 사고의

중요성을 강조한다.

뉴턴 역학의 가르침에 따라 '작용이 있으면 반작용이 있는데, 사물을 작용 쪽에서만 보거나 생각하기 때문에 알 수 없게 되어 벽에 부딪히는 것이지, 반작용 쪽에서 다시 생각해 보면 종전에 도저히 알 수 없었던 어려운 문제가 쉽게 풀린다'고 가르친다.

그 전형적인 새로운 제품의 개발을 실예로 들어서 위 원칙의 활용법을 소개해 보겠다.

베니어판을 만들려면 나왕 같은 재목을 사과 껍질 벗기듯이 얇게 벗겨 내는 레이스라는 기계가 있다. 재목을 양쪽에서 '처크'로 단단히 물려 놓고 회전시키며, 여기에 칼날을 대어 벗기는데, 재목은 어느 것이나 바깥쪽이 젊고 안쪽으로 갈수록 늙은 것이므로, 어느 정도 벗기고 나면 양쪽의 강한 '처크'의 힘에 눌려 뚝 부러져 버린다.

그렇게 부러지면 기계가 망가지고 생산성이 저하되기 때문에 아깝게 생각되더라도 직경 20cm 정도쯤 되면 더 이상 벗기지 않고 내놓는다. 이렇게 내놓은 나무는 아무 가치가 없어서 땔감으로나 쓰인다.

멀리 보르네오 등지에서 비싼 운임을 들여 운반해 온 것이므로 아깝다. 이것을 어떻게 살릴 수 없겠는가 하는 것은 우리나라 메이커들 뿐만 아니라 전 세계 메이커들 사이에 오래된 과제의 하나였다.

그 어려운 문제를 이 구로동 작은 공장에서 해결하고 획기적인 새로운 제품으로서 업계를 놀라게 했다. 이것이 그 회사의 달러 박스가 되었음은 새삼 말할 필요도 없다. 그런데 세계의 여러 회사에서 좀체로 해결하지 못했던 난관을 돌파할 수 있었던 힌트는 객관적 사고였다. 즉, 반작용 쪽에서 생각해 본 것이다.

이제까지 나무를 얇게 벗기는 쪽에서만 생각하고 있었기 때문에 벽에 부딪쳤던 것임을 깨닫게 되어 반대로 벗겨지는 목재의 입장에서 생각해 보니까, 훌륭한 아이디어가 떠오른 것이다.

상세한 내용은 전문적이므로 생략하거니와, 그 공장에서는 그야말로 코페르니쿠스적 회전의 사고를 더욱 발전시켜 만든 새로운 제품이라 해서 '아리스토텔레스'라고 상품 이름을 붙였다.

*

기업가의 정신

워싱턴 대학교의 베스퍼 교수는 다음과 같이 기업가의 정신을 정의하였다.

"다른 사람들이 찾아내지 못한 기회를 발견한 인간, 또 사회의 상식이나 권위에 사로잡히지 않고 새로운 사업을 추진할 수 있는 인간이야말로 기업가다. 가장 중요한 것은 기업가 정신이 행복을 추구하는 수단이라는 점이다. 어떻게 살 것인가? 무엇이 행복한 것인가? 를 진정으로 이해하고 있는 인간이야말로 기업가다."

종이 한 차이가 세상을 보는 눈을 바꾼다

만약 내가 신이었다면, 나는 청춘을 인생의 끝에 두었을 것이다.
-A, 프랑스

인간이란 영리한 듯하면서도 어리석기 때문에 죽을 때까지 이런 일 저런 일로 고뇌하는 존재이다. 고뇌 끝에 도저히 견딜 수 없게 되면 종교에서 구원을 얻으려 한다.

그런데 어떤 종교든지 공통으로 가르쳐 주는 것은 고뇌에서 헤어나기 위해서는 아집을 버리라는 것이다. 즉, 자기중심으로 생각하지 말라는 가르침이다.

자기의 잘못을 분명히 아는 것이 곧 깨달음이다.

아집은 무한 지옥이다. 세상의 모든 것이 다 잘못되어 있고 엉망이라고 해서 남을 책망하고, 세상을 원망하고 남을 저주하다가 스스로 세상으로부터 고립되고 만다.

그러나 잘 생각해 보면 자기만이 옳은 것은 아니고, 모두 상대적이며, 남이 잘못된 것같이 보이는 것은 자신의 눈이 비뚤어져 있는 탓이 아닐까, 자신이 세상을 색안경으로 보기 때문에 모두가 제대로 보이지 않는다는 사실을 문득 깨닫게 된다.

중국의 사상가이며 철학자였던 임어당林語堂은 인간

사회의 상대성 비밀을 잘 알고 있어서 여론을 마음대로 조종하였던 사람이다.

어떤 사건이 일어났을 때 신문사로부터 논평해 달라는 전화가 걸려 오자, "찬성하는 의견을 바라시는 겁니까, 아니면 반대하는 의견입니까?"라고 물은 다음에, 상대방이 원하는 쪽으로 유니크한 코멘트를 했다는 이야기가 전해지고 있다.

또한 그는 원고지 한 장도 헛되이 써버린 적이 없는 사람으로서도 유명한데, 원고를 써나가다가 당초의 외도와 다른 방향으로 주장을 펴나갔다는 놀라운 에피소드를 남겼다.

아마추어가 그런 흉내를 냈다가는 어처구니없게 되어 버리지만, 자기 자신에게 구애되지 않으면 자유로운 발상이 가능해진다.

자기에게 이롭게 되기를 바라거나, 자기에게 유리하게 되기를 바라고 있으면 종이 한 장 두께의 벽을 뚫지 못해 괴롭지만, 자기중심으로 생각하지 않게 되면 까만 종이 같던 것이 차츰 색깔이 밝아져서 흰 종이로 되고, 좀 더 지난 뒤에는 투명하게 되어 그 반대편이 환히 보이고 마침내는 녹아 없어진 듯한 느낌을 갖게 된다. 이렇듯 아집을 버리면 전에는 보이지 않던 것이 보이고, 들리지 않던 것도 들리게 된다.

일본의 파브르라고 전해지는 코오베 대학의 교수가 이런 말을 한 적이 있다.

"될 수 있는 대로 많은 곤충을 보려고 자동차를 달려 돌아다녀 보았으나 별로 수확을 얻을 수 없었다.

자전거로 천천히 다녔을 때에 훨씬 더 많은 것을 발견하는데, 그보다도 자기의 발로 천천히 걸어 다니며 채집할 때에 훨씬 더 많이 수확할 수 있었다."

즉, 인간이 자기중심으로 욕심껏 달려 돌아다니면 수박 겉핥기 꼴이 되어, 곤충이 숨어 있는 것을 찾아내기 어렵지만, 곤충과 한 몸이 된 기분으로 허리를 굽히고 잘 들여다보면 풀 위에 보호색으로 숨겨져 있는 곤충을 찾아낼 수 있는 것이다.

어떻게 하는 것이 가장 옳으냐 하는 판단, 더구나 종이 한 장의 매우 이상적인 판단은 이렇게 나라는 존재를 될 수 있는 한 버림으로써 종이를 꿰뚫어 보는 눈을 가졌을 때 비로소 가능해진다. 이런 눈을 심안心眼이라고 한다.

*

종이 한 차이가 경영의 바람을 일으킨다

행복한 사람이 더 행복해지기 위해 다른 뭔가를
원하는 것은 이해할 수가 없다.
-에머슨

경영 면의 판단 가운데 가장 어렵고 힘든 일은 인원 정리일 것이다. 미국과 같이 직원의 태반이 임시직원이고, 시간제 고용인이 다반사로 되어있는 나라에서는 그렇지 않지만, 평생 근무하고 싶어 하는 정사원을 해고시키지 않을 수 없게 되었을 때, 경영자나 담당자의 마음은 비통하기 짝이 없다. 또 그러한 심경을 갖지 않는다면 정상적인 경영자·관리자라고 말할 수 없을 것이다.

도대체 법인法人의 존속을 위해서 개인을 그처럼 희생시켜도 좋은가 어떤가, 이러한 근본적인 명제에 대해서 깊이 생각하지 않는다면, 인간으로서는 실격이 아닐까.

제2차 세계대전 직후 일본의 유명한 마츠시타 전기가 이러지도 저러지도 못할 궁지에 몰렸을 때, 마츠시타 코오스케 사장은 일본 제1의 세금 체납자가 되자, 부득이 노동조합의 협력을 얻어서 8백 43명의 퇴직 희망자를 뽑았었다고 한다.

이것은 마츠시타 전기의 오랜 역사 속에서 가장 통한스러운 사건으로 이야기되고 있는데, 제1차 세계대전 전의 불황 때에도 인원을 정리하는 일이 없이 견디어 냈던 만큼, 더할 나위 없이 유감스런 일이었음이 틀림없다.

그 당시에는 패전이라고 하는 미증유의 대혼란기였기 때문에 부득이한 일이었고, 회사를 떠난 사람들도 원한이나 후회가 없이 떠났지만, 그러한 최악의 시기에 비하면 요즘의 불황쯤은 아예 문제 되지도 않는다. 중지를 모으면 타개해 나가지 못할 리 없다고 생각해야 한다.

그러나, 회사가 도산하기 직전이어서 어떻게든 감원하지 않을 수 없게 되었을 때, 그 인원 정리의 계획을 세워서 결단을 내리지 않을 수 없는 처지에 놓였을 때, 이렇게 생각해 보는 것이 어떨까. 즉 '내일은 내 차례'라고 생각해 보는 것이다.

좀 더 심하게 말하면, 정리될 사람들의 첫 그룹에 자신이 포함되어 있다고 가정해 보는 것이다. 그렇게 하면 무자비한 인원 정리는 불가능하지 않을까. '떠나도 지옥, 남아도 지옥'이라면 죽음을 무릅쓰고 이 성채에 남아서 모두가 손을 맞잡고 지혜를 짜내어 싸움을 계속해야 하지 않겠느냐 하는 기분이 될 것이다.

이런 결심을 하게 되면, 더이상은 무리라고 생각되던 영역으로 한 걸음을 더 깊이 내디디고, 기사회생의 묘안을 짜낼 수 있을 것이다.

몹시 무책임한 경영자가 회사를 내버리고 자취를 감추어 도산한 회사를 노동조합이 떠맡아 생산을 재개하고 어려운 경영을 해내고 있는 예도 있다.

이런 경우 "부족한 것을 걱정하지 말고, 한결같지 못한 것을 걱정하라"고 하여 수입을 거의 균등하게 분배하고 직원 모두가 도시락을 지참한다. 그래서 점심 식사 때에는 반찬을 나눠 먹게 되고 놀라운 만큼 밝은 웃음소리가 가득 퍼진다.

그리하여 쓰러졌던 회사를 갱생법에 의해서 다시 일으켜 세우자 도산하기 이전의 70%도 채 못 되는 인원으로서 오히려 전보다 높은 생산성을 보여준 예도 적지 않다.

미국의 제철왕 카네기는 "공장이나 기계를 잃어버리더라도 사람만 있으면 더 크게 만들 수 있다"고 말했다. 이것이 참된 경영자의 모습이다.

*

펩시콜라 사장의 예측

펩시콜라의 사장은 콜라 업계의 장래는 경쟁이 심해지고 매출도 더 이상 증가하지 않을 것으로 생각했다. 미래에 대비하여 조직을 대대적으로 개편해야 하는데 펩시의 직원들은 열심히 일하고, 현재 회사의 경영 상태는 매우 양호하여 3만여 명의 임직원을 설득하는 것이 문제였다.

펩시콜라 사장의 결단은 위기감을 조성하는 것이었다. 한 가지 예를 들면 큰 판매처인 월마트의 불평을 공식화하였다.

"펩시와는 의사소통이 잘못되는 경우가 많고, 주문한 것과 다른 물건을 배달하며 상품의 종류도 소비자의 기호에 맞게 다양하지 못하다. 이러한 소비자의 불평을 없애려면 우리가 변해야 한다. 하지 않으면 다른 기업이 우리 사업을 완전히 빼앗아가 우리 회사는 노쇠한 기업으로 전락하고 말 것이다."

이렇게 위기감을 조성한 후 모든 업무를 다시 검토하고 수행 방법을 다시 디자인하여 조직을 대대적으로 개편하는데 성공하였다.

종이 한 차이가 사고의 틀을 바꾼다

지혜로운 자만이 미래를 두려워하지 않고 오히려 대비한다.
-C 윌슨

'경영의 죽음', 도산이라는 막다른 장벽과 마주 섰을 때 경영자의 진가를 알게 된다고 앞에서 말했지만, 참으로 경영도 불가사의한 것이기 때문에 "그게 어떻다는 거냐. 할 수 있는 데까지 해 보자."라고 갑자기 태도를 바꾸면, 은행도 단념하려고 하다가 다시 한번 도와줘 보겠다고 태도를 바꾸게 된다.

내 생각으로는 계수 관리 때문에 컴퓨터 의존이 높아지고, 한편으로는 은행이 지배하면 할수록 경영에 대한 견해나 사고방식이 점점 변질되는 것처럼 생각되어 견딜 수가 없다. 왜냐하면 인간을 수량으로 따지려고 할수록 그만큼 판단이 빗나가 버리기 때문이다.

도대체 계수화할 수 있는 것은 경영 가운데 20%나 30% 밖에 없고, 그밖의 70%나 80%는 지극히 불가지적인 것, 혼돈된 것이라는 견해가 정설로 되어있다.

그런데도 계수화할 수 있는 것만으로 경영을 판단하려 하기 때문에 착오가 빚어진다. 계수화해서 컴퓨터에 접촉하려고 할 때 정확히 나뉘어 떨어지게 하지 않으면 계산할 수가 없다. 이때 떨어져 나간 우수리 가운데, 혹은 애매함 속에, 지극히 중요한 요소가 없다고 누가 단언할 수 있을 것인가.

담당자는 업무상 매우 신중을 기하지 않으면 안 되는 중요한 판단을 기계적인 단순한 절차에 의해 데이터로 만들고 계수로 만들어 버린다. 그런 것이 누적된 것을 곧 경영의 성공 여부를 판가름하는 중요한 자료로 그룹에 제출한다. 이때 최고경영자는 그것을 기초로 해서 중대한 판단을 내린다. 이 얼마나 무서운 일인가.

미국이 베트남 전쟁에 본격적으로 개입할 때 컴퓨터가 튀겨낸 예측, 즉 늦어도 연내에는 종결시킬 수 있을 것이라는 예측을 고스란히 믿고 의회에서의 선전 포고 결의도 없이 파병했다.

하지만, 그 예측은 크게 빗나가서 10년이란 긴 세월과 2천억 달러라는 막대한 비용 수십만 명의 사상자를 낸 채 불명예스럽게 패전으로 끝낸 미국이란 국가 자체가 큰 혼란에 빠질 뻔했었다.

당시의 로버트 맥나마라 국방장관을 비롯한 미국의 수뇌들은 민족의식이라든가 전투상의 창의와 같이 두드러지게 인간에게 속해 있는 질적인 것을 컴퓨터에 입력하지 않았고, 또한 그런 것이 결정적인 요인이라는 점이 밝혀져 있지 않았던 것이다. 그야말로 계수화의 비극이었다.

'질'이라 하면, 본질 · 실질 · 자질 · 품질 · 질문 등 '질'

자가 붙은 말을 다시 충분히 음미해 볼 필요가 있다. 특히 본질에 대한 추구가 중요하다. 그렇게 되면 더욱 인간다운 사고, 그 중에도 특히 본질적인 사상·철학, 나아가서는 종교에까지 깊이 파고들지 않을 수 없다.

인종의 집단인 기업을 어느 정도까지 질적으로 올바르게 깊이 파악할 수 있느냐가 곧 경영적 판단, 종이 한 장의 중대한 판단을 결정하는 최대의 요인으로 되는 것이다.

오늘날처럼 경영 철학이 중요시되었던 시대는 없다고 훌륭한 경영자들은 이구동성으로 강조하고 있다. 따라서 그들은 경영 서적보다도 철학·종교 문학 서적을 더 열심히 읽고 있는 것이다.

*

다른 사람을 내 편으로 끌어들여라

다른 사람을 내 편으로 끌어들이는 매력이 가져다 주는 중요한 점은 뜻하는 모든 것을 얻을 수 있기 때문이다. 결코 사람을 끌어들이고 강한 인상을 심어주는 것만은 아니다.

좋은 친구와 존경과 협력을 얻으면서 인정을 받기 때문에 리더로서의 자질을 자연스럽게 갖추게 된다. 동시에 주위 사람들에게 활력을 느끼게 해 주어 성공하는 데에 다양한 도움을 받을 수 있다.

종이 한 차이가 변화를 주도하는 사람으로 만든다

어려운 것은 사랑하는 기술이 아니라 사랑을 받는 기술이다.
–알퐁스 도데

좀 더 깊이 냉철하게 생각해 보면, 우리들의 인생은 하루하루가, 아니 한순간 한순간이 '종이 한 장' 판단의 연속이다.

어느 여배우는 TV의 대담에서 이렇게 말했다.

"어머니는 나에게 세상을 살면서 괴로운 일이 있거든 위를 올려다보든지, 또는 높은 곳에서 땅을 내려다보라고 가르쳐 주셨다."

그래서 기분이 매우 언짢아질 때에는 높은 타워나 빌딩 위에 올라가 아래를 내려다본다고 한다. 또한 공연 여행으로 비행기에 오르면 창문으로 까마득한 지상을 내려다보면서 인간이란 존재는 보잘 것이 없구나, 그런데도 하찮은 일로 서로 물고 뜯으니 참으로 어리석다고 새삼 생각하게 된다는 것이다.

'바보가 높이 올라간다'고 헐뜯는 말도 있지만, 동감이다. 나 역시도 높은 곳에 오르는 것을 좋아해서 비행기로 여행할 때에는 될 수 있는 대로 창가에 앉아

초고공에서의 조망을 마음껏 즐기곤 한다. 그리고 해변이나 분지에 성냥갑 같은 집을 빽빽이 세우고, 어쨌든 열심으로 살고 있는 인간의 훌륭한 모습에 감동하기도 한다.

지진 · 화재 · 교통사고 · 공해 등등, 그 어느 것 하나를 생각해 봐도 우리의 삶은 살얼음 위를 걷는 듯한 기분이다. 종이 한 장 차이로 엇갈리고, 삶을 위해 1분 1초를 다투며 뛰어다니는 그 살풍경한 인생살이, 그래도 나라의 치안은 세계에서 가장 양호하여 베니어판 집에서 베개를 높이 베고 태평스럽게 잠을 잔다.

이런 나라 백성의 근면성에 대해 감동하지 않는 자는 참된 국민이 아니라고까지 생각하고 싶다. 이와 같은 영지에 숨 가쁘게 살면서 종이 한 장 차이의 생활 태도를 조금도 판단의 잘못이 없이 서로 돕고 서로 물려받고 조심스럽게 삶을 영위하고 있다는 것을 재인식하고 싶다.

그 무의식적인 종이 한 장의 판단을 국민 대부분이 그르치지 않고 있기 때문에 우리는 안심하고 교통수단을 이용하고 가공식품을 먹고, 약을 먹고 살아가는 것이다.

그 훌륭함과 무서움을 새삼 깨닫게 됨에 따라서, 앞으로의 의식적인 종이 한 장의 판단도 보다 훌륭하게 될 것이 틀림없다.

인생 자체가 종이 한 장의 연속이란 것을 깨달음으로써 생활이 보다 더 상쾌해지는 것이 아닐까.

차도를 자전거로 비틀비틀 달리고 있을 때, 뒤에서

맹렬한 스피드로 승용차나 트럭이 옆으로 지나간다. 만일에 핸들 조작의 판단이 조금이라도 잘못되면 눈 깜짝할 사이에 죽고 만다. 그런데도 안심하고 자전거를 타는 것은 무의식중에 종이 한 장의 판단의 옳음을 믿고 있기 때문인 것이다.

*

육체적 고통, 정신으로 치유할 수 있다

살아가노라면 고통을 피할 수가 없고, 막을 방법도 없다. 하지만 마음먹기에 따라 모든 고통을 일정부분 조절할 수 있다.

옛날 성인들은 일부러 고통을 찾아 맞서기도 했다. 힘을 기르면 육체는 강해진다. 그러므로 정신 함양에도 힘을 써야 한다.

다만 고통이 없다면 그것들은 아무런 의미가 없다. 인간의 본성에서 가장 강력한 것은 정신력이다. 육체의 힘과 정신의 힘이 한데 합쳐지면 그 강도의 힘은 어떠한 것으로도 막을 수 없다. 한 가지 일, 한 가지 문제에 전력투구하는 사람 앞에는 장애물이 가로막지 못한다.

제 6 장

“뛰어난 인재를 판별하는 방법”

훌륭한 인재는 이렇게 판별하라

현명한 사람은 부의 가치를 알지만 부자는 지혜가 가져다주는 즐거움을 모른다.
–러스킨

'백단향은 떡잎 때부터 향기롭다.' '될성부른 나무는 떡잎부터 알아본다.'는 말과 같이 어릴 적부터 두각을 나타내는 인물을 판별하는 법에 대해 알아보자.

인재는 세 가지의 조건을 갖추어야 된다.

1. 의욕
2. 리더십
3. 창조성

이 세 가지를 뒷받침하는 전문적인 지식과 기능, 폭넓은 교양을 예로 든다.

• 개인의 전문 능력만이 아니라 인간관계의 능력을 우선한다. 인재는 포용력이 있고 안정감을 주는 동시에, 무슨 일을 저지를지 모른다는 위험성(독창력)도 가지고 있는 사람이다.

• 인재는 학식이 있어야 할 뿐 아니라 행동력이 있고, 또한 시대가 요청하는 새로운 지식 내지는 새로운 기술을

지니고 있어야 한다.

•공평무사하고, 업무에 적극적으로 달라붙고, 사소한 일도 소홀히 하지 않는 사람이다.

•창의와 분별(합리주의) 연구를 모두 갖춘 사람이다. 평범하면서도 비범하고, 경영 전체에 항상 관심을 가지고 있는 사람이다.

*

전문성을 표현하는 능력이 필요하다

실용적인 전문성이 필요한 이유 중에서 가장 중요한 것은 변화가 극심한 사회 속에서 당면한 문제를 해결하고 미래의 문제를 예방하기 위해서이다. '명확히 설명할 수 있다면 그 일을 잘 알기 때문'이라는 단순한 원리가 훨씬 실용적이다.

• 해당 분야의 핵심을 놓치지 않는다. 핵심은 늘 간단하고 명료하다.

• 평범한 일상의 용어를 사용한다. 나는 전문용어를 쓰는 사람을 절대로 믿지 않는다. 전문용어의 남용은 그들이 잘 모르고 있다는 확실한 증거이거나 내가 존중받지 못하고 있다는 뜻이다. 잘 모르는 사람들만이 전문용어의 뒤로 숨고 싶어 한다.

• 상대방이 지금 안고 있는 문제를 해결할 수 있도록 구체적이고 실용적인 대안을 제시할 수 있어야 한다.

첫인상이 그 사람의 전부는 아니다

성공은 능력보다 열정에 의해서 좌우된다.
성공한 사람은 자신의 일에 몸과 영혼을 바친 사람들이다.
–찰스 북스톤

경영자나 관리자, 감독자는 말할 것도 없고, 그 밖의 누구든지 늘 접촉하는 사람의 성격을 올바르게 판단하는 것은 사회생활을 실속있게 영위해 나가는 데 있어서 매우 중요한 부분이다.

이미 말해 온 것들 가운데서도 인간성 판단에 대한 견해는 많이 언급되었으나, 다시 인간성 판단의 급소라고 생각되는 것을 살펴보자.

사람은 누구나 처음으로 대면한 사람에 대해서는 직감적으로, 이 사람은 이런 성질을 가진 사람이 아닐까 하고 생각한다. 이것을 첫인상이라고 말하는데, 세상에는 이 첫인상을 매우 중요하게 여기는 사람들도 있다.

특히 오랫동안 많은 사람과 접촉해서 다양한 성격의 사람들을 알고 있는 예컨대 형사, 회사의 인사부 직원, 학교 교사 중에는 첫인상에 자신감을 가지고 있는 사람들이 많다.

일종의 육감이나 순간적인 판단에 의해서, 이 자는

진범이 아니고 진범은 따로 있다라고 단정하는 형사가 흔히 있다. 확실히 그와 같은 영감이 작용해서 첫인상이 적중하는 경우도 있지만, 상당히 그 나름의 훈련을 쌓은 베테랑이 아니고는 좀체로 들어맞지 않는다.

최근에 흉악한 살인 사건의 범인에 대해서 이웃 사람이나 회사의 동료가 "설마, 그 사람이 그럴 줄이야……"라고 인터뷰에서 대답하는 경우가 종종 있다.

'벌레도 죽이지 못할 얼굴'을 가지고 잔인하기 짝이 없는 짓을 저지르는 인간도 있으니까, 방심이야말로 가장 무서운 적이다. 사기꾼이나 거짓말쟁이는 인간의 이런 맹점을 전적으로 악용해서 사람들을 속여 먹는다.

또한 반대로, 몹시 인상이 좋지 않다든가 따분하게 보이던 사람이, 자주 만나는 동안에 오히려 우애가 깊고 좋은 사람임이 밝혀지는 경우도 있다.

그러므로 첫인상을 중요하게 여기는 것은 좋으나, 그것을 색안경으로 사람을 판단하지 않는 것이 첫째 주의사항이라고 말할 수 있다.

첫눈에 반한 여자를 크게 열애한 끝에, 막상 결혼하고 보니 어처구니없는 악녀였다는 예도 있다. 그러므로 '연애는 큰 착각이요, 결혼은 묘지이다'라는 격언도 있다.

물론 인류의 오랜 경험이나 지혜가 모여서 이루어진 인상人相이나 수상手相에도 어느 정도의 진리가 포함되어 있으므로 인간성 판단에 유익·유효하다는 것을 부정하지는 않는다. 인상 이외의 다른 외모에 의해서 사람을 판단하는 요령은 다음 몇 항에서 설명하겠거니와, 요컨대 성급하게 판단하지는 말아야 한다.

*

싫증은 무능력의 또다른 말이다

인생은 결코 짜증스럽지 않다. 그런데도 짜증스럽게 되는 일을 스스로 선택한다. '싫증'이라는 말에는 성공적인 방법과 현재의 시간을 활용할 수 없는 무능력의 뜻도 포함되어 있다.

싫증은 선택이다. 그것은 당신 스스로가 만든 것이다. 당신 생활에서 능히 없앨 수 있는 자기 패배적인 요소이다. 언제까지나 일을 미룬다면 당신은 현재의 시간을 무익하게 보내게 된다.

아무 일도 하지 않으므로 싫증이 난다.

이미 당신은 싫증을 체험한 경우도 있을 것이다. 그러나 그것은 다른 어떤 일을 해 보거나 에너지를 다른 데로 돌림으로써 싫증을 극복할 수 있다.

철학자 사무엘 버틀러는 말했다.

"자신이 선택하였다면, 지금 실행하라. 그리고 당신의 마음을 창조적인 생각으로 바꾸어라. 자신이 '싫증'을 선택하지 않을 수 있다는 확신을 가질 수 있다. 그 선택의 여부는 당신 자신에게 있다."

이유 없이 싫은 사람이 나와 비슷한 사람일 수 있다

고난에 처해 있을 때 동요하지 않는 것.
이것이야말로 참으로 칭찬해야 할 훌륭한 인물의 증거다.
–베토벤

이것은 첫인상과 관련이 있는 것인데, 우리들이 접촉하게 되는 사람들 중에는 어째서인지 처음부터 그저 까닭없이 싫은 사람이 있다.

이를테면 '괜히 싫은' 것이다. 이성적이 아니라 감정적으로, 본능적으로, 혐오감이 앞서는 경우이다.

인상이 좋지 않다든가, 태도가 나쁘다든가의 불쾌감과는 다른 종류이다. 이에 대해서는 여러 가지의 견해, 분석의 방법 등이 있는 듯하지만, 다음의 견해가 대체로 타당하지 않은가 생각된다.

즉, 그렇게 까닭 없이 싫고 반감을 갖지 않을 수 없는 사람을 잘 관찰해 보면, 이상하게도 그 사람과 자신의 결점이나 단점이 너무도 비슷하다는 것이다. 공통점이 있다고 생각된다. 버릇없는 사람을 괜히 싫어하고, 허세를 부리는 사람은 자기와 비슷한 허세를 부리는 자를 본능적으로 적대시한다.

생각해 보면 상대방이 거울의 역할을 해서 자신이 알고 싶어 하지 않는 결점을 노골적으로 클로즈업시켜 보여주고 있는 것 같기 때문에 불유쾌해지는 것이다.

'남의 모습을 보고 자기의 모습을 고쳐라'라고 흔히 말한다. 냉정하게 자기의 결점을 반성하고, 장점을 더욱 늘리는 지혜로운 사람이 사회의 모범이 될 수 있다.

이처럼 인간의 심리는 미묘한 것이므로 무의식중에 자신을 척도로 삼아 타인을 추정하고 판단한다. 그래서 타인의 인간성을 올바르게 판단하려고 하면, 우선 자기의 인간성을 돌아보고, 상대방이 제대로 보일 만큼 자신의 척도가 틀림없는가를 점검해 볼 필요가 있다.

또한 뚜렷한 이유 없이 상대의 성격이 마음에 들지 않거나 까닭 없이 싫어지는 일이 있다면 감정적으로 대하지 말고, 한 걸음 떨어져서 다시 볼 수 있는 판단력의 트레이닝을 할 필요가 있다.

이상은 같은 결점을 가진 사람의 반발에 대해서 설명하였으나 장점 또는 우위성에 대한 반발도 당연하다. 특히 조직의 정점에 있는 사람은 잠재적으로 자신의 지위를 위협할 것 같이, 자신의 능력과 같거나 또는 그 이상의 능력을 간직하고 있는 사람을 본능적으로 멀리하려고 하는 감정이 크게 작용한다.

사심을 없애고, 이해관계를 초월하고, 자신의 결점을 잘 알고, 또한 타인을 올바르게 판단한다는 것이 어려운 일임을 깨닫게 되었다면, 가능한 한 공정을 기하기 위해 노력하기를 바란다.

*

일은 성공의 첫걸음이다

오랫동안 실직으로 놀던 사람보다 직장에서 일하는 사람이 다른 직장을 구하기가 더 쉽다. 기업주는 집안에서 빈둥거리고 있는 사람보다는 현직에서 일하는 사람을 더 원하기 때문이다.

취직은 성공에 이르는 첫째 관문이다. 그러나 첫 취업은 매우 어렵다. 일단 취직이 되면 당신은 점차적으로 승진을 기대할 수 있다. 첫 관문을 통과하면 그다음을 통과하기는 비교적 쉬운 법이다.

일도 마찬가지다. 처음 일을 시작하면 많은 어려움이 뒤따른다. 그러나 동료들과의 근무시간이 즐겁다는 사실을 깨닫게 된다. 일을 시작하라. 시작이 절반이다. 당신이 해야 할 일이 보람 있는 일이라면, 즉시 시작하라.

일을 구하는 많은 젊은이들은 처음부터 완벽한 직장을 원한다. 대우가 좋고 장래가 보장되는 완전한 직장에 애정을 갖고 있다. 그러나 세상에는 그렇게 입에 맞는 떡은 많지 않다. 나름대로의 결점이 있게 마련이다. 따라서 처음부터 완전무결한 직장을 구하려고 한다면 무리가 뒤따를 것이다.

일도 마찬가지다. 아무리 하찮게 보이더라도 올바른 일이라고 판단되면 시작하라. 그러면 더 좋은 일을 구할 수 있는 발판을 마련하는 계기가 된다.

단점 속에서 장점을 찾아라

눈물로 씻어지지 않는 슬픔은 없다. 또한
땀으로 낫지 않는 번민은 없다. 눈물은 인생을 위로하고
땀은 인생에 보수를 준다.
-쇼펜하우어

어째서 첫인상으로 가볍게 남을 판단해서는 안 된다고 말하느냐 하면, 인간에게는 양면성이 있기 때문이다.

옛부터 인간의 마음속에는 신과 악마가 동거하고 있다고들 말했다. 그의 상반신은 신에 가깝고, 하반신은 짐승에 가깝다고도 말했다.

인간에게는 이성이라는 것이 있어서 본능적으로 야수적인 성향을 억제하고, 보다 더 고도한 인간으로 되려고 노력하고 있을 때에는, 그 표면에 나타나는 인간성은 당연히 훌륭한 것으로 보인다.

인간의 마음은 3중 또는 4중으로 되어있고, 가장 바깥쪽을 '개성'이라고 부른다. 그것은 인간이 이성적인 노력에 의해서 이루어 놓은 것인 만큼 쉽게 상처받는다.

또한 그것은 인간의 이성적인 노력에 의해서 이루어 놓은 것인 만큼 부서지기 쉽고 저항력이 약한 것이므로 마음 약한 때나 술에 취해서 이성이 마비된 때라던가, 격노했을 때에는 일시적으로 자신을 잃게 된다.

노력하는 모습을 높이 평가함과 동시에 누구에게나 본능적인 것, 감정적이고 야수적인 측면이 감추어져 있다는 것을 알아 둘 필요가 있다.

바꾸어 말하면, 인간에게는 누구에게나 장점과 단점이 있다는 말이 된다. 그리고 장점과 단점은 서로 보완하는 관계에 있다. 이것을 하나의 구형으로 비유하면 돌출한 부분이 장점이고, 그 돌출한 면적과 같은 움푹한 부분이 단점이 된다. 그리고, 돌출한 부분(장점)이 크면 클수록 움푹한 부분(단점 · 결점)도 마찬가지로 크기 마련이다.

'인재에게는 흠이 있다. 흠 없는 자는 인재가 못 된다.'라는 명언이 있다.

흠이란 결점 · 단점이다. 큰 결점이 있을 정도가 아니면 장점은 없을 것이라는 가르침이다. 그러므로 '사람을 볼 때에 결점을 볼 필요는 없다. 장점만을 보면 충분하다'는 뜻이다.

또한 큰 장점은 거리를 두고 살펴보지 않으면 알 수 없는 경우가 있다. 백두산은 우리나라 자랑거리요, 민족의 마음이라고까지 이야기하지만, 그 아름답고 신비한 산도 그 표면을 보면 암벽이 거칠고 화산재 투성이이므로, 근처의 낮은 산맥이 녹색으로 덮여 있어서 훨씬 더 아름답다. 그처럼 흠집만이 보이므로 어째서 제일의 명산인가 하는 생각이 들기까지 한다.

역사상의 유명한 영웅 · 호걸 · 위인 · 천재로 추앙되는 인물들도 사생활은 몹시 어지러웠으므로, 그 가족이나 부하들의 입장에서 보면 횡포·방자함·광기로 가득 찬 나날이어서 피해가 막심했고, 어떻게 이런 인간이 세상으로부터 찬사를 받았을까 하고 이상하게 여겨질 정도이다.

이 모순을 제대로 파악할 수 없는 자라면, 판단을 정확하게 내릴 수가 없을 것이다.

*

실패가 두려워 계획을 못하는 것은 어리석은 자의 변명이다

만약 처음의 계획을 이루지 못했을 경우 곧 새로운 계획을 세우는 것이 좋다. 그리고 그것도 잘되지 않으면 또 다른 계획으로 바꾸는 식으로 목표에 도달할 수 있을 때까지 몇 번이라도 참을 수 있게 도전해 본다.

바로 여기에 포인트가 있는 것이다. 대다수의 사람들은 한 가지 계획을 세워서 그것에 실패하면 그에 대체하는 다른 목표를 세울 끈기가 없어서 성공의 기회를 놓쳐 버린다.

상대의 자세나 태도를 관찰하면 성격을 알 수 있다

나의 깊은 관심은 미래에 있다.
그것은 내 삶의 나머지 부분을 미래에서 보내야 하기 때문이다.
-F, 캐더링

타인의 인간성을 판단한다고 하더라도 마음까지 다 들여다 볼 수는 없으므로, 외부에 나타난 것에 의해서 판단하는 수밖에 없다. 앞에서 말한 인상도 그 예의 하나이고 언어나 말투로써 추단하는 것도 유력한 방법이다.

여기서는 어떤 사람이 무의식적으로 취한 자세나 태도에 의해서 그의 심리나 성격을 판단하는 방법을 생각해 보기로 하겠다.

이것도 우리는 일상적·경험적 사실들에 의해 어느 정도는 알고 있고, 인간성 판단에 상식으로 이용하고 있다.

예를 들면 팔짱을 끼고 있는 것은 뭔가 생각하는 모습이며, 머리를 두 팔에 파묻고 있으면 몸이 불편하거나 생각을 정리하고 있는 자세이다. 머리를 숙이고 힘없이 걷고 있다면 낙담해 있거나 일이 잘 풀리지 않고 있음을 새삼 말할 필요도 없다.

허리와 가슴을 쭉 펴고 큰 소리로 말하는 것은 자신 있는 태도이고, 기쁘면 미소가 그치지 않는다.

카운셀링(면접 상담)에 있어서는, 그렇게 신체를 통해서 무의식적으로 말해 주는 모습을 중시하는데 말이 나오지 않아서 머뭇머뭇하며, 두 손을 꼬았다 풀었다 하는 것은 뭔가 말하고 싶기는 한데, 자기의 마음을 적절히 나타낼 말을 생각해 내지 못할 때의 태도이다.

이와 비슷한 예를 『육체의 언어술』이란 책의 내용 가운데 '남을 꿰뚫어 보는 지혜'란 항목에서 몇 가지 옮겨 보겠다.

• 의자에 비스듬히 기대 앉아서 타인과 대화를 나누고자 하는 사람이 있다. 그것은 허세를 부리는 태도이며, 그 사람은 의외로 자신이 빈약하다는 것을 폭로하고 있다. 자신감이 있고 실력도 있는 사람은 오히려 몸을 내밀고 상대의 이야기를 잘 들으려 한다.

• 타인과 대화하고 있을 때에 팔짱을 끼거나 다리를 꼬거나 허리에 손을 대는 것은, 대체로 상대방의 의견에 대해서 반대하고 있음을 나타내는 자세이다.

• 소파에 털썩 몸을 떨어뜨리듯이 앉아 있는 자세는 마음속에 불안이 있음을 나타내는 경우가 많다.

• 바지 주머니에 손을 찔러 넣은 채로 남의 얘기를 듣는 것은 매우 실례되는 태도이며, 상대방을 신용하고

있지 않다는 표현이다.

이 밖에도 이마가 좁은 사람은 전문적 지식을 가지고 있다든가, 눈꼬리가 올라간 사람은 자기주장이 강하며, 손발이 힘이 없어 보이는 사람은 의욕이 없는 사람이라는 견해도 있다.

자세의 정면은 그 사람의 미래, 측면은 과거를 말해 주는 것이라고 보는 사람이 많다.

*

꿈꾸는 사람과 실천하는 사람

실천하는 사람은 꿈꾸는 사람보다 더 큰 성공을 거둔다. 실천하는 사람은 목표를 세우고 끊임없이 노력하지만 꿈꾸는 사람은 목표를 향해 출발하지도 못하고 쉽게 포기한다.

실천하는 사람은 스스로 자기 삶을 변화시킬 능력을 갖추고 있다. 자기 목표를 달성한다. 그러나 꿈꾸는 사람은 그런 것을 꿈꾸기만 한다.

습관을 통해 상대의 성격과 성품을 파악한다

비난은 사람이 유명하게 되었을 때 대중에게 바치는 세금이다.
–스위프트

습관은 무의식중에 동작으로 나타나서 본인이 좋든 싫든 그의 마음을 표출한다.

무엇보다도 타인을 관찰하기 전에 자기 자신의 습관을 스스로 체크·반성해 보는 것이 좋다. 좋은 습관도 있고 나쁜 습관도 있지만, 객관적으로 자신을 살펴보면 과연 그렇구나 하고 돌아보는 계기가 된다.

나의 경우에는 뭔가 새로운 것을 정한다든가, 새로운 일을 착수할 때에는 신변을 정리하는 습관이 있다. 자신의 마음이 정리되어 있지 않기 때문에 번잡스런 주위가 신경에 거슬리므로, 이것을 조금씩 정리해 나가는 동안에 좋은 생각이 떠오르고 기분이 가라앉는 것이다.

이밖에도, 가끔 무릎을 떨어서 아내로부터 주의를 받는다. 나중에 생각해 보면 무릎을 떠는 행동은 마음속에 불안이 있을 때라든가, 어떤 좋은 생각을 짜내려고 할 때 무의식중에 나타나는 증상인 것 같다. 이것은 자동차나 비행기의 시동과 비슷하다. 엔진의 테스트에 의해 차체나 기체가 진동하다가 엔진이 따뜻해지면서 이윽고 원만한 출발이 이루어지는 것이다.

타인의 이야기를 듣고 있을 때에 그 이야기가 어딘지 불만스럽거나 초조해짐을 느끼게 되면, 자기도 모르게 손가락으로 톡톡 책상을 두들기기도 하고, 볼펜으로 찰칵찰칵하는 소리를 내는 사람이 있다. 본인은 그러한 소리를 내서 주위 사람을 미혹시켜 놓고 있음을 미처 알아채지 못하고 있다. 이런 사람은 대개 신경질적인 성격의 소유자다.

이와 같은 습관을 보면 그 사람의 성질이나 심리, 심정을 잘 알 수 있다.

다음과 같은 예도 있다.

• 위장 근처나 배 위를 무의식중에 쓰다듬는 사람은 대개 신경질적이다.

• 등허리를 구부리고 있는 사람은 방어적이고 폐쇄적이며, 남을 싫어하는 사람이거나 불만이 많은 사람이다.

• 손톱을 깨물거나 손가락을 빠는 사람은 어린애 같고, 정신적으로 성숙해 있지 않은 사람이다.

• 이야기를 하면서 주위를 힐끗힐끗 돌아다보는 것은 긴장하고 있는 증거이다.

• 담배 피우던 입을 침칠하는 사람은 어린애 같은 성격의 소유자다.

• 이야기하는 도중에 손을 코에 자주 갖다 대는 것은

상대방의 이야기에 찬성하지 않는 표시이다.

• 즐겨 선글라스를 쓰는 사람은 자기의 표정이나 본성을 남에게 알리고 싶어 하지 않는 소심한 사람이거나, 뭔가를 숨기고 싶어 하는 사람이다.

• 회의 중에 남들과 다른 자세를 취하는 사람은 발언하고 싶어 하는 사람이다.

• 비꼬는 소리만 하는 사람은 공격성이 강하고, 실력을 과시하고 싶어 하는 사람이다.

• 자기의 잘못을 문제시하지 않고, 오히려 상대를 비난하거나 공격하는 사람은 좀 모자라는 사람이고, 장차 큰 인물이 되지 못할 사람이다.

• 열등감이 강하다는 것은, 우월감이 강하다는 말도 된다. 그러므로 열등감이 강한 사람은 놀라울 정도의 훌륭한 행동을 취하는 경향이 있다.

*

리더는 꿈을 만드는 사람이다

리더는 조직과 자기 세계를 지키겠다는 마음의 여유와 기상을 통하여 직원들이 사장을 신뢰할 수 있는 꿈과 믿음을 만들어 주어야 한다. 리더의 이러한 능력은 상황에 눌리지 않는 힘의 다른 표현이기도 하며, 이것은 자기가 지켜야 할 임무가 분명할 때 만들어지는 것이다.

습관적인 말에서 성격이 드러난다

존재하는 것은 오직 목표뿐이다.
길은 없다. 우리가 길이라고 부르는 것은 망설임에 불과하다.
–카프카

버릇·몸짓·복장 등 외부에 나타나는 표현에 의해 사람의 마음이나 성격을 알 수 있으며, 그 사람의 말에 의해서 정확하게 성격의 성향을 알 수 있다.

이것 역시도 버릇의 일종인데 동작이나 복장, 헤어스타일 등과 달라서 음성은 귀를 통해 들어왔다가 연속적인 이야기 속에 묻혀 버려서 그 인상이 따로 남겨지지 않기 때문에, 웬만큼 유의하지 않으면 알아채지 못한다.

대체로 성격이 강하고 자신감 있는 사람은 "저어……" "거시기……" "그런데……" 등등의 연결어를 별로 쓰지 않는다. 반대로 소심한 사람, 신경질적인 사람은 연결어를 잘 쓴다. 너무 많이 쓰는 사람은 병적인 성격의 소유자라고 할 수 있다.

유행어를 잘 쓰는 사람은 주체성이 없고 화려한 것을 좋아한다.

외래어나 외국어를 즐겨 쓰는 사람은 뽐내기를 잘하고 대체로 허영심이 많다.

사투리를 당당하게 사용하는 사람은 매우 자신감 있는 사람이고, 개성이 강하다.

'역시'란 말을 자주 쓰는 사람은 개성이 강한 편이다. 즉, 말을 할 때 습관적으로 "사실은……" "사실을 말하면……"을 연발하는 사람은 항상 주목받고 싶고, 자기 마음대로 하고, 남에게 지기 싫어하고, 자부심이 강하다.

대화를 하고 있을 때에 상대방이 한 마디 말할 때마다 "그렇지." "결국은…"을 연발하는 사람은 잠재적인 욕구 불만이 강하다.

이와 같이 버릇된 말에 의한 판단의 방법을 알게 되면, 타인의 이야기도, 상사의 말투도 훨씬 더 흥미 있게 들을 수 있다.

*

제갈공명의 위기 탈출의 리더십

제갈공명이 기산 전투에서 마속의 실책으로 사마중달에게 대패하여 퇴각 작전을 진행하던 중 불과 2천 명의 병력으로 사마중달의 15만 대군을 맞이해야 할 때였다. 이런 절대절명의 위기 속에서 제갈공명은 오히려 여유를 보였다.

"성문을 활짝 열어라. 물을 뿌려 깨끗이 청소를 하고 모닥불을 피워라. 적이 가까이 오더라도 각자의 깃발 밑을 떠나지 말라. 떠나는 자는 베리라."

그리고 그는 머리에 쓰던 윤건을 다른 것으로 바꾸고 옷도 깨끗한 것으로 갈아입었다. 그리고 성루의 가장 높은 곳으로 올라가 향불을 피워놓고 거문고 앞에 단정히 앉았다.

15만 대군을 이끌고 당도한 사마중달은 제갈공명의 뜻밖의 행동에 공명이 자기를 유인하는 계략을 쓰는 것이라 생각하고 퇴각명령을 내렸다. 공명이 거문고 하나로 사마중달의 15만 대군을 물리쳤던 것이다. 제갈공명은 자기가 지켜야 할 분명한 세계가 있었다. 그러기에 기상을 잃지 않고 극도의 위기 속에서도 상황을 주도하는 여유를 발휘할 수 있었다.

이렇듯 리더십은 상황에 따라 매우 다양하게 정의되고 있다. 그러나 그 내용을 종합하여 보면 '리더십이란 일정한 상황에서 공동의 목표 달성을 위하여 개인이나 집단의 행위에 영향력을 행사하는 과정'으로 요약할 수 있다.

즉 리더십의 요체는 영향력 행사의 과정이며 그 궁극적 목적은 기업의 목표이다. 따라서 훌륭한 사장은 구성원들에게 영향력을 행사하여 기업의 공동목표를 달성하도록 직원들의 마음속에 꿈을 담아주는 사람이라고 할 수 있다.

신뢰는 사소한 약속을 지키는 것에서 시작된다

인생은 하나의 경험이다. 따라서 경험이 많을수록
더 좋은 사람이 된다.
– 에머슨

우리들은 흔히 저 사람은 좋은 사람이라든가, 저 사람은 성실한 사람이라고 평한다. 하지만 큰일을 해낸 사람에 대해서는 위대한 사람이라고 추켜세우기는 하지만, 좋은 사람이라고는 말하지 않는다.

그렇다면, 좋은 사람이라든가 훌륭한 사람이라고 판단할 경우에, 도대체 무엇을 기준으로 해서 그렇게 평하느냐고 물어보면 의외로 아주 하찮은 일에 감복했다던가, 감동했다는 것을 알게 된다.

아주 하찮은 일이라고 말하는 것은 이쪽의 주관에 의한 것이지만, 당사자는 아주 대단한 일로 느낀다. 그래서 감명이 깊은 것이다. 사건이나 동기는 하찮은 것이더라도, 그 속에 인간성이 깊게 연관되어 있다고 생각하는 것이다.

예를 들면 이런 것이다. 세상이 모두 알고 있을 정도의 지위를 가지고 있고 몹시 바쁘기도 한 사람이, 어떤 대화를 하다가 사소한 일을 구두로 약속했다고 하자. 중요한 용건이 끝나고 헤어질 즈음에 문득 생각났다는 듯이 말한 것이므로, 그 약속을 받은 사람 자신은 별로 큰 기대를 가지지 않고 마음 한구석에 접어 두었다가 시일이 지나자 잊어버리고 만다.

그런데 뜻밖에도 그 약속이 어김없이 이루어져서 "그 바쁘신 분이 이런 일까지 잊지 않고 해주시다니……"하고 크게 감격한다.

'성의誠意'란 말의 誠성자를 분해하면 言언과 成성으로 되어있다. 즉, 말을 이룬다, 말한 것을 성취한다. 약속을 지킨다는 뜻이 된다. 그 약속이 소액의 수표 1장, 상품권 한 장이었다 하더라도 그 금액이나 물건의 값어치는 전혀 문제 되지 않는다.

자기의 일을 잊지 않고 해주었다, 존중해 주었다는 것이 중요하다. 이쪽에서 잊지 않으면 상대도 이쪽을 잊지 않을 사람이라고 언제까지나 마음속에 간직하게 된다.

약속을 잊어버리게 되면 상대방의 기분을 상하게 하고, 자신도 상처받게 된다. 그러므로 무성의하게 저버리는 거짓 약속은 하지 말아야 한다. 약속한 것은 잊지 않고 수첩에 메모해 두는 마음가짐이 중요하다.

수첩에는 약속 사항을 기입할 수 있는 메모란이 있으므로, 끝낸 것은 체크하고, 끝내지 못한 약속은 밑줄을 그어 놓을 정도의 마음가짐이 있는 사람은 그가 접촉하는 사람들로부터 좋은 사람이다, 성실한 사람이라고 호평을 받는 것은 당연하다. 그리고 이런 사소한 일에 의해서 인간성을 정확히 판단할 수 있다는 인생의 지혜는 대체로 올바른 것이다.

혹 이때 인간의 이런 심리를 역이용해서 처음에는 돈을 조금 빌리고, 약속한 날짜에 이자를 부쳐서 갚고, 차츰 금액을 높여 꾸어 쓰면서 약속 날짜를 잘 지켜 완전히 안심시켜 놓고 신용하게 한 다음에, 마지막에는 거액을 빌린 뒤 감쪽같이 행방을 감추는 사기꾼들도 있으므로 방심할 수가 없다.

이런 작위적인 인간은 제쳐놓고 사소한 약속도 정확히 지키는 사람이면 신용할 수 있는 사람이라고 봐도 좋을 것이다.

*

리더가 되기를 원하는가

당신은 리더가 되기를 원하는가? 아니면 리더를 따르는 사람이 되고 싶은가? 리더가 되느냐, 되지 못하느냐에 따라 보수의 차이는 커진다. 종속자가 되는 것이 결코 불명예스러운 것은 아니다. 또 언제까지나 종속자이어야만 한다는 규칙이 있는 것도 아니다.

처음부터 리더로 시작하는 것은 아니다. 리더가 된 것은 그들이 지성에 가득찬 종속자였기 때문이다. 가장 능률적으로 리더에 따라갈 수 있는 사람은 대개의 경우 급속하게 리더로서의 재능을 개발해 갈 수 있는 사람이다.

사람의 인간성은 그 사람의 입장에서 판단하라

만족은 가난한 자를 풍부하게 하고, 풍부한 자를 가난하게 한다.
–프랭클린

이상으로 여러 가지의 각도에서 인간성에 대해, 그리고 인재에 대해 고찰하고, 그 판단 방법에 대해 힌트를 제시했는데, 몇 개의 급소가 있다는 것 정도는 알려 주었다고 생각한다.

그러나 인간은 자연의 일부이기 때문에, 자연이 날마다 변화하듯이 우리 인간 역시도 시시각각으로 변화한다는 사실을 알아 둘 필요가 있다.

옛날 사람들은 '남자가 서로 사흘 이상 만나지 못했다면, 그다음에 만날 때에는 상대방이 어느 정도 달라져 있는가 하고, 눈을 크게 뜨고 다시 만나라'라고 가르쳤다. 참으로 그 정도의 각오가 없으면 인간성을 올바르게 판단하기 어렵다.

그러나 이처럼 복잡한 인간성을 이 적은 지면에서 설명한다는 것은 원래가 거의 불가능한 일이지만, 수많은 인간성의 특색 중에서 다음 두 가지가 결정적인 판단 기준이 아닐까 하는 생각을 해 본다.

그 하나는 높은 뜻을 품고 있다는 것이다.

'청년이여, 큰 뜻을 품어라!'라는 것은 과학자이자 교육가인 클라크Clark, William Smith, 1826~1886의 유명한 말이거니와, 청년뿐만 아니라 모든 인간은 생애를 끝마칠 때까지 계속해서 큰 뜻을 품어야 한다.

그 뜻의 높이에 의해 그 사람의 출신 · 학력 · 연령 · 성별을 초월해서 훌륭한 인간성이 발로되고 뛰어난 인품에 의해서 광채를 내뿜게 되는 것이다.

또 하나는 상대방의 입장에서 생각하는 것이 어느 정도 가능하냐에 따라 그 인간성이 정해진다고 생각한다. 이것은 알기 쉽게 말해서 '동정심'이고, 어렵게 표현하면 '공감성'이다.

상대방의 입장에서 생각하지 못하는 사람은 사회인으로는 어린애 정도의 발육 불충분한 사람이라고 말하지 않을 수 없다.

신약성서 「마태복음서」에 나오는 '너희가 무엇이든지 남에게 대접을 받고자 하는 대로 너희도 남을 대접하라'(마태 13:12)라는 가르침은, 옛부터 인간을 행복하게 해주고 사회를 밝게 해주는, 인간에 있어서의 가장 중요한 원리라고 이야기되어왔다.

그래서 이 가르침을 황금률黃金律이라고 부르거니와 이 복음의 뜻은 다름 아닌 상대방의 입장에서 생각하라는 가르침이다.

이대로 하면 사람과 사람의 사이는 부드럽게 융화

되고, 사업을 하더라도 번성할 것이 틀림없으니, 이보다 더 좋은 가르침은 없다.

인간성을 깊이 생각해 보면 결국은 이상의 두 가지로 집약되지 않을까.

한 번밖에 없는 인생을 소중하게 여기고 자기 한 사람의 인생이 아니라, 함께 살아가는 사람들 모두를 위해서 보다 더 나은 것을 이룩해 보고 싶다는 뜻이, 그리고 자기의 주위에 있는 사람들의 입장에서 생각하는 동정심이 인간성을 풍부하게 하여, 차츰 성장해 가는 것이다.

*

괴테가 가장 존경한 사람

'내가 존경하는 사람은 자신이 무엇을 하고 싶은가를 정확하게 알고 있는 사람이다. 이 세상에서 가장 불행한 사람들은 자신이 하고 싶은 것을 하지 못하는 사람들이다.'

콜럼버스는 심한 폭풍우와 선원들의 불평에도 굴하지 않고 강한 결의를 가지고 미지의 항해를 계속했기 때문에 신대륙을 발견할 수 있었던 것이다.

제 7 장

“부하의 마음을 정확하게 읽는다”

부하에게 자신감을 심어주는 리더십

행복은 손에 잡고 있는 동안 작게 보이지만, 놓치면 그것이 얼마나 크고 귀중한 것인지를 알 것이다.
–막심 고리키

직장에서의 일상 업무나 사생활에서 발생하는 사소하고 별로 대단치 않은 일이긴 하지만, 어쨌든 인간으로서는 매우 중요한 판단을 지도하는 방법에 대해 생각해 보기로 한다.

첫째로는 부하직원이 직장에서 자신감을 잃어가고 있는 경우이다. 물론 자신감을 잃는다는 것에도 여러 가지 케이스가 있다. 상사한테 야단맞거나 선배로부터 구박을 받고, 일에 대한 자신감이 없어진다든가, 동료와의 경쟁에서 패배한다든가, 업무상 큰 실수를 저지른다든가, 여자로부터 절교를 당하는 경우 등 여러 가지이다.

어떤 경우이든 간에 자신이 훌륭한 편이라고 생각하고 있는데, 막상 냉혹한 현실에 부딪혀서 삶의 고난을 체험하게 되자, 자기혐오에 빠져 자신감을 잃어버리는 것이다.

자신이란 존재는 매우 중요하다. 교육이며 지도하는

것은 한마디로 말해서 '자신을 갖게 해주는 일'이라고 말할 수 있으며, 지도자에게 있어서는 리더십의 핵심이다.

다음에 설명되는 모든 케이스가 바로 이 자신감을 갖게 해주기 위한 지도자라고 말할 수 있는데, 여기서는 총론으로 설명해 보겠다.

부하직원이 자신감을 잃게 될 때의 이유는 여러 가지가 있겠지만, 그중 중요한 이유는 다음과 같은 것이다.

- 그의 능력에 비해서 주어진 일이나 임무가 너무 무거울 때
- 훈련 · 지도를 받지 못한 채 어려운 업무를 맡았을 때
- 평가 기준이 미리 밝혀져 있지 않았기 때문에 직원이 이 정도의 업무라면 충분할 것이라고 생각했던 성과가 뜻밖에도 형편없다는 지적을 받았을 때
- 선배의 구박, 동료의 심술을 견디어 내지 못할 때
- 신뢰하고 있던 동료로부터 지지를 받지 못하게 되었을 때
- 질병이나 부상에 의해서 체력이 몹시 약해졌을 때
- 자신의 신념이나 신앙심이 동요되어 가치관이 붕괴했을 때
- 사랑하는 사람한테서 배신당하고, 멸시당했을 때

인간은 누구나 수없이 이런 장면에 부딪혀도 그것을 자기 나름으로 극복하여 넘어섬으로써 자신을 되찾고, 한

걸음 한 걸음 목적을 향해 전진하는 것이다.

상사(또는 선배)로서는 그런 상태를 재빨리 감지하여 그 원인을 파악한 다음, 본인의 심리를 헤아려서 시기적절한 판단을 그르치지 말고 지도하지 않으면 안 된다.

시기적절한 판단과 함께 중요한 것은, 어떤 격려의 말을 들려주는 것이 좋은가 하는 판단이다. 바로 이 판단력이 리더십을 좌우한다.

다음의 예를 통해 자세히 연구해 보기로 한다.

결론적으로 말할 수 있는 것은 훼쇄동기毁碎同機(깨뜨려 부숨)란 점이다. 즉, 새의 새끼가 생겨날 때에 알 속에서 껍질을 깨뜨리려고 콕콕 쪼면, 그것을 신호로 어미 새가 바깥에서 쪼아 껍질을 깨뜨려 주어서 새끼가 나오게 해주듯이 본인이 어떤 지도를 바라고 있을 때에 상사는 시기를 잘 맞춰야 한다. 이것이 상사의 리더십이다.

*

설득력이 필요한 까닭

설득은 남에게 무언가를 하도록 하는 힘을 가리키는 방법이 아니다. 설득은 당신의 인생을 뜻깊게 만드는 하나의 기술이다. 또한 필요한 것을 채우는 능력이다.

지각과 결근이 잦은 부하는 이렇게 판단하라

최후의 승리는 빠른 시작이 아니라 결승점에 이르기까지의
끈질긴 노력이다.
–위너 메이커

평소에는 그저 무난히 성실하게 일하던 직원이 별안간 자주 지각하거나, 결근하는 것이 눈에 띄게 심해지는 경우가 있다.

건강상의 문제가 아니라면 대체로 정신적인 스트레스 때문이다. 스트레스의 징후인 지각이나 결근은, 본인이 생각하기에도 좋지 않은 일임은 이미 알고 있을 것이 확실하다.

그런데, 왜 지각이나 결근을 하는 것일까. 본인에게 물어보면 될 것 같지만, 애매한 대답으로 얼버무릴 뿐 진짜 이유는 말하지 않을 것이다.

그런 경우라면 상사는 어떤 판단을 내리고, 어떻게 대처해야 좋을까.

지금까지 착실하게 일하던 사람이 자신의 질병이나 실연, 또는 가족의 질병 등 특별한 이유가 없는 듯한데도 갑자기 이상한 행동을 보이는 경우라면 다음과 같이

판단하면 좋을 것이다.

즉, 본인은 열심히 하는데, 상사가 그것을 인정하고 평가해 주지도 않으니까, 마침내 지쳐서 더 견디지 못하게 되었음이 틀림없다는 것이다.

회사에 도움을 주는 업무를 수행하고 있는데도 인정해 주지 않고 평가해 주지도 않으니까, "밀어서 안 되거든 당겨보라."는 말이 있듯이 1백 80도 전환해서 마이너스 행동을 취하기 시작한 것이라고 판단하면 좋을 것이다.

이런 것은 어린이와 똑같은 심정이다. 어버이의 사랑을 혼자 차지하고 싶은데 동생이 태어나서 어버이의 사랑이 나누어지더니, 어린 동생 쪽으로 오히려 훨씬 더 사랑이 기울어지는 듯하면, 못된 장난, 장난감 파괴 등의 마이너스 행동으로 어버이의 관심을 끌려고 한다.

부하직원의 결근이나 지각의 심리도 본질적으로는 똑같은 마이너스 행동에 의한 자기 현시로서, 자신의 존재 가치를 평가해 주기 바라는 안 좋은 조용한 시위라고 판단해야 한다.

*

스스로 창조하는 가치

당신은 자신의 인생을 위해서 열심히 일해야 한다. 보람 있는 삶이 되기 위해서는 반드시 일해야 한다. 일하지 않는 사람은 아무런 업적을 남길 수 없다.

회사에 다니는 사람들에게 공통적이면서 가장 중요한 꿈은 직장에 대한 보장이다. 안전한 보장을 원하고 있다. 일과 안전 문제는 밀접한 관계가 있다. 그러나 여기서 알아야 될 것은 안전보장도 남이 주는 것이 아니라 자신이 만들어낸 가장 확실한 결과임을 잊어서는 안 된다.

국가에서 허락해주는 보장과 개인이 자력으로 이룬 안전한 보장과는 엄청난 차이가 있다. 당신이 일하면서 추구하는 것과 다른 사람이 당신의 안전을 보장하는 것과는 다르다는 사실을 명심해야 한다.

진정한 보장은 일하는 사람만이 가질 수 있는 것이다. 그것은 남이 주는 것이 아니라 스스로 창조하는 결과물이다. 따라서 꾸준히 일하는 사람만이 안전한 보장을 받을 수 있다.

부하의 잘못을 꾸짖을까 말까 망설여질 때

자식에게 돈을 물려주는 것은 저주하는 것이나 다름없다.
–카네기

꾸짖어야 할지, 아니면 꾸짖지 말아야 할지를 판단할 수 없을 때에는 어떻게 하면 좋을까, 이것은 사정에 따라 달라진다. 자기 집 아이라면 별로 문제 되지 않는데, 어른이 된 사람을 꾸짖는다는 것은 여간 어려운 일이 아니기 때문에, 오히려 꾸짖는 쪽이 마음이 아프기 마련이다.

상사의 입장에서 어떤 경우에 꾸짖느냐는 것은, 미리 부하직원에게 밝혀두는 편이 좋다. 특히 요즘의 젊은이는 가정에서도 학교에서도 심한 꾸지람을 받는 일이 없기 때문에 꾸지람을 받으면 금세 머리가 돈다.

옛날 젊은이는 먼저 기분 나쁘게 여기다가 차츰 머리가 돌았지만, 오늘날의 젊은이는 순식간에 머리가 돌아서 별별 놀라운 사건을 다 일으킨다. 그러므로, 현재에는 '꾸짖는 방법'에 대한 책들이 다양하게 나왔고, '꾸짖는 방법'에 대한 세미나까지 열리고 있다.

옛날의 아이들은 꾸지람을 들으면서 자랐다. 그런데

오늘날은 잘못된 가정교육과 과잉보호 탓으로 어린이가 별로 꾸지람을 받지 않게 되었기 때문에 성장의 이탈 현상으로 교육은 역주행하고 있는 것이 현실이다.

따라서 옛날과는 달리, 왜 꾸짖느냐는 것을 미리 말해 두지 않을 수 없게 되었다. 그다음에는 적극적으로 꾸짖으면서 교육하는데, 이 꾸짖는 방법에도 법칙이 있다. 중요한 예를 열거해 보면, 다음과 같다.

첫째, 잘못을 꾸짖더라도 인격을 훼손하는 말은 삼가야 한다.

둘째, 한 가지의 실수에 대한 질책은 한 번으로 끝낼 것. 거듭 묵은 상처를 들쑤시는 듯한 반복은 하지 말아야 한다.

셋째, 여러 사람 앞에서 꾸짖을 때와 혼자 있을 때 꾸짖을 때를 잘 구분해야 한다.

넷째, 꾸짖더라도 일단 아이의 말을 들어보고 나서 꾸짖는 것이 좋다.

다섯째, 암시 · 시사 · 조언 · 주의 · 훈계 · 질책, 순서를 차츰 인식시킨다.

이와 같이 꾸짖는 방법에 대해서 이모저모 연구해 본 다음에 꾸짖는데, 부하의 어떤 행위에 대해서 꾸짖어야 할지, 꾸짖지 말아야 할지, 상사의 입장에서 명확치 않을 때가 있다.

그것은 상사 쪽에서 보기에 불확실한 면이 있기 때문인데, 그런 때 다짜고짜 꾸짖으면 역효과가 나타날

뿐이다. 따라서 그런 때에는 좀 더 지켜보면서 판단하는 편이 좋다.

한편 불확실한 면이 있다는 것은 사정을 정확하게 파악하고 있지 못하든가, 아니면 상사의 평가 기준이 애매한 탓이다.

특히 사정이 분명하지를 않다는 것은 남의 말만 들었을 뿐, 자신의 귀나 눈으로 파악하지 못한 경우가 많다. 이런 경우에는 꾸짖기 전에 우선 본인의 사정을 살펴봐야 한다.

꾸짖는 목적은 상대의 태도를 고쳐주기 바라는 것이기 때문에 언성을 높여서 꾸짖거나 차분히 카운셀링하듯이 사정을 들어본 후 그 결과가 마찬가지일 듯하면, 그 어느 쪽을 택해도 좋을 것이다.

진심으로 상대방을 키우겠다든가, 훌륭한 인간이 되게 해주고 싶다는 기분이 들면 방법은 어떤 것이든 좋다. 이럴 때 상사로서의 위엄을 보이지 않으면 안 된다는 식으로 자기중심의 불순한 생각을 가지면 곤란하다. 그런 경우라면 아예 꾸짖지 말아야 한다.

*

부를 창출하기 위해서는 건강하여야 한다.

자기 자신이 주인이 되기 위한 가장 중요한 규칙은 건강의 중요성을 깨닫는 일이다. 자신의 건강을 희생해 가면서 돈을 벌지만, 그 다음에 건강을 되찾느라고 그때까지 벌어둔 돈을 쓰는 사람들이 의외로 많다. 건강을 잃게 되면 돈을 벌 수 있는 능력도 더 이상 쓸모가 없다. 그보다 중요한 것은 돈을 벌어도 그것을 즐길 수가 없다는 것이다. 건강하다면 당신은 이미 부자이다.

부하가 중대한 실수를 저질렀을 때

돈만 있어도 안 된다. 꿈이 있어야 한다. 꿈만 있어도 안 된다.
돈이 있어야 한다. 몽상적인 것과 상업적인 것을
결합하는 것, 이것이 나의 철학이다.
–세실 로즈

부하직원이 배운 대로 하지 않고 업무적으로 잘못을 저지른 것이 밝혀지면, 그 자리에서 때를 놓치지 않고 꾸짖어야 한다. 이럴 경우 주저하거나 불문에 부치거나 하면 나쁜 영향이 나타나게 된다.

본인도 당연히 꾸지람을 받을 줄을 각오하고 있었는데, 상사가 꾸짖지 않으면 '별것 아니구나' 하는 안이한 마음을 갖게 되고 오히려 상사를 얕잡아보게 되며, 한편 다른 직원도 '그런 것쯤'이라고 가볍게 생각하거나 '편파적이군. 내가 그랬을 적에는 나무라더니………' 하고 불만을 표시하므로 좋은 일은 아니다. 어쨌든 상사로서의 권위는 떨어져 버린다.

동남아시아의 어떤 나라에 진출한 한국 공장에서 감독자가 순찰하고 있는데, 한 작업자가 이상하게 일을 하고 있었다. '잘 모르는가 보다.' 하고 고개를 갸웃거리면서 그것을 떠나 한 바퀴 돌아본 뒤에 다시 그 작업자한테 가 보았다. 여전히 그는 틀린 방법으로 작업을 하고 있었다.

그래서 방법을 좀 고치라고 주의를 주자, 그 직원은 상사에게 불평했다. “조금 전에는 가만 있다가 이제 저러는 건 뭐지?”라며 불만을 터트렸다.

잘못이 있으면 그 자리에서 분명하게 지적하는 게 좋다는 것은 동서고금을 통해서 모든 생산자가 변함없이 가지고 있는 공통된 생각이다.

종업원들의 좌담회에서도 “상사가 뒤에 서서 꼼짝 않고 지켜보기만 하다가 잘못을 저질러도 주의시키지 않고 말없이 그냥 가버리는 것보다 더 언짢은 일은 없다.”라는 발언이 나와 있다.

이럴 경우 상사의 입장에서는 주의시킬 만한 일은 아니라고 생각했는지, 꾸짖을 기회를 놓쳤는지, 당시의 상황은 잘 알 수 없지만, 어쨌든 부하의 입장에서는 상사가 주의시키지도 않고 꾸짖지도 않으면, 나중에 인사고과 때에 나쁜 점수를 매기기만 하는 엉큼하고 고약한 상사로 취급받기 쉽다. 그러므로 제때에 간결하고 호되게 꾸짖어주는 편이 오히려 낫다는 것이 부하 입장에 있는 직원들의 생각인 것이다.

여성으로서는 처음으로 백화점의 중역이 되었다 해서 유명해진 여성 임원은 남성 직원을 거느리고 있는데, 부하를 꾸짖는 방법에 대해 “호되게 꾸짖되 간결하게 하고, 장황하게 말하지 않도록 한다.”라고 말했다. 과연 평판 높은 여성 상사라고 찬사를 보내지 않을 수 없다.

신입사원처럼 별로 꾸지람을 받아 본 경험이 없는

사람이 처음 꾸지람을 받게 되면 처음에는 멍청한 얼굴을 하고 있지만, 잠시 후에는 싱긋 웃는다고 한다. 꾸짖는 것은 상대방이 밉기 때문이 아니라 사랑스럽기 때문이다. 즉, 사랑스럽기 때문에 꾸짖는 것이니까 기쁘게 생각하는 것도 당연한 일이다.

다감한 중학생 시절에 꾸지람을 들으면 크게 쇼크를 받지만, 졸업을 하고 어른이 됨에 따라서, 과거에 학교 선생이 꾸짖던 것은 자기를 사랑해 주었기 때문이며, 바르게 교육하기 위한 사랑의 채찍이었다고 생각하게 되어 고마운 마음이 강해질 뿐이다.

기업 안에서도 마찬가지이다. 어떤 베테랑급의 감독자는 "부하를 꾸짖지 않는 것은 부하를 진심으로 사랑하지 않기 때문이다."라고 단언하고 있다.

꾸지람을 받을 때에는 발끈하더라도, 잠시 후에는 자기를 꾸짖은 상사의 참뜻을 알고 고맙게 여기도록 하는 것이 최고의 꾸지람 방법이다.

*

삶을 균형 있게 이끈다.

일 중독자들은 자신들이 가장 생산적인 사람이라고 생각하겠지만, 실제로는 그 반대이다. 그들은 너무 긴 시간을 일하기 때문에 비능률적인 습관을 가지게 되고, 사소한 일에도 당황할 때가 많다.

일 중독자들에게는 일이 목적이다. 그러나 가장 생산적이며 성공한 사람들은 일은 물론, 그 이상의 것을 추구하며 산다.

일이 아닌 다른 활동을 위한 시간을 늘 충분히 남겨두어야 한다. 그 시간은 가족과 친구들을 위해, 새로운 취미활동을 위해 꼭 필요하다. 충분히 쉬고 나서 사업을 성장시킬 참신한 시각과 아이디어를 재충전하여야 한다.

부하의 보고서에 잘못된 점이 있을 때

인생에 있어서 성공의 비결은 성공하지 못한 사람들만이 안다.
–콜린즈

일을 시킨 뒤에 보고를 요구하는 것은 당연한 일이며, 상사의 입장에서는 불가결한 일이기도 하다. 잔뜩 일을 시켜 놓고 모른 채 하는 상사처럼 불만스러운 존재도 없다.

반면에 부하직원이 별로 보고하고 싶어 하지 않는 예가 있다. 왜 그런가 하면, 보고를 해도 상사가 그저 귀찮다는 듯이 듣기만 하므로 직원도 재미없게 생각해서 보고서를 제출하고 싶지 않기 때문이다.

첫째로 보고서를 쓰는 것은 매우 어려운 일인데, 고심하여 써 보았자, 과연 제대로 읽어줄지 알 수가 없고, 어쩌다 읽는다 해도 내용보다는 글씨가 지저분하다느니, 틀린 글자가 많다느니 하며 엉뚱한 트집이나 잡히므로 더욱 더 보고서 쓰기가 싫어지게 된다.

부하의 보고나 보고서가 상사의 입장에서 보기에 불만스러운 경우에는, 우선 담당 직원을 책망하기 전에 상사로서의 지도 방법이 불충분하지 않았던가 반성해 볼 필요가 있다.

보고나 보고서는 상사가 무엇을 알고 싶어 하는 요점을 잘 생각해서, 결론을 먼저 내놓고 설명을 뒤에 내놓는 것이 원칙이라고 가르쳐 주고, 구두로 보고할 경우에도 장황하게 경과보고를 하여 상사의 기분을 손상시키지 말라고 미리 못 박아 둘 필요가 있다.

경과보고는 상사가 바쁜 듯한 때 일수록 생략하는 게 좋고, 단 "그건 잘했네. 그런데 어떤 식으로 했는가?"하고 물을 때에만 경과를 보고하는 게 좋다고 미리 지시해 둔다.

그러나 부하의 입장에서는 오히려 경과보고를 들려주고 싶어 한다. 성공했을 때보다도 실패했을 때의 노력을 더 알아주기 바라는 부하의 심정을 이해해 주지 못한다면, 진정한 리더라고 말할 수 없다.

보고서의 경우도 마찬가지이다. 받자마자 결재하여 품의에 돌리기만 하면 재미가 없다.

과연 읽어줄 것인지, 어느 정도 평가해 줄 것인지, 이 리포트를 쓰기 위해서 며칠을 고심했는가를 알아줄 것인지… 하고 속 태우던 부하는 상사보다 훨씬 더 불만일 것이다. 차라리 이런 리포트는 아무 소용없다고 돌려주는 편이 훨씬 더 현명하다.

훌륭한 상사라면 보고서는 카피를 포함해 2통을 제출하게 한 다음 정식 보고서는 품의에 돌리고, 다른 하나에는 붉은 펜으로 잘된 곳마다 밑줄을 치고, 잘못된 부분에는 의문부호를 찍어 다시 되돌려준다. 그렇게 하면 부하직원은 자신이 고심해서 작성한 보고서를 상사가 정성스럽게 읽어 주었구나 하고 크게 감격하며, 그다음부터는 일일이 재촉하지 않더라도 보고서를 꼼꼼하게 작성해 제출한다.

상사의 입장에서는 일일이 그런 것을 꼭 해주어야 하느냐고 항변할지도 모르지만, 그것은 잘못된 생각이다. 비록 3행이건 4행이건 부하가 그 리포트를 어느 정도 노력해서 썼는가를 알 수 있고, 또한 그것을 통해 공감이 형성되기 때문이다.

부하직원이 정성을 다해 보고서를 써서 상사에게 제출했다가 아무 반응도 얻지 못했을 때의 허전한 기분을 생각해 보면 동정심이 우러날 것이다.

*

장기적인 목표를 세워 조금씩 나아간다

당신의 장기적인 목표에 대하여 규칙적으로, 자주 생각하는 습관을 가진다. 그다음 단계는 달성하고자 하는 장기적인 목표에 보다 가까워질 수 있는 일을 매일 행하는 일이다. 한 번에 크게 다가설 필요는 없으며, 장기적인 목표를 향해 매일 계속해서 다가가면 된다. 골프를 칠 때와 같이 공을 빨리, 멀리 칠 필요는 없다. 그냥 똑바로 치기만 하면 된다.

상사에게 미움을 받고 있다는 부하의 말을 들었을 때

황금은 뜨거운 난로 속에서 시험 되며 우정은
역경에 의하여 시험 된다.
–메난드로스

샐러리맨의 직장에서의 행복은 자신의 진가를 인정해 주고 돌봐주는 상사를 만나는 것이라는 말이 있지만 현실에서는 좀체로 그런 상사를 만나지 못한다.

그런데 인정해 주지 않는 것은 그런대로 견딜 만 하지만, 이유 없이 미워하고 싫어하고 적대시하는 상사를 만나게 되면 이는 재난이다. 오랫동안 직장 생활을 하다 보면 상사가 몇 번은 바뀌게 되므로, 한두 번은 그런 상사를 만나기 마련이다.

상사로부터 미움을 받은 경우라면, 반드시 어떤 이유가 있을 것이 틀림없다. 상사의 지위나 출세를 위협할지도 모를 실책을 저질렀거나 상사에 대해 험담을 한 것이 그의 귀에 들어가 버린 경우도 있을 것이다.

또는 성격적으로 잘 맞지 않아서 미움을 받는 경우도 있을 수 있다. 부하가 장래의 유력한 라이벌임을 알아챈 상사가 은근히 적개심에 사로잡혀서 그 직원을 짓눌러

놓으려는 계책을 부리고 있는 경우도 있을 수 있다.

어쨌든 운 나쁘게 이런저런 이유에 의해서 미움받는 입장에 놓였을 때에는 어떻게 하는 것이 좋을까 하는 판단에 대해서 생각해 보자.

그 중에 하나는 그런 상사와 만나게 된 것도 하나의 운명이긴 하지만 도저히, 그와 같은 직장에서 있을 수 없을 것 같은 불안 속에서 태풍이 지나가기를 기다리는 것만큼이나 괴로운 일이다. 그러다 보면 '세월이 모든 것을 해결해 주겠지' 하는 생각이 들고, 부하의 입장에서 상사에게 화를 내고 대항하면 할수록 더 상처를 입을 뿐이므로, 매사를 부는 바람에 흘려보내듯 적당히 넘기고 만다.

또 하나는 인생을 잘 알 수 있는 기회라고 생각하여 상사의 성격이나 심리를 차분히 연구하는 동시에, 부하로서의 자기에게 부족한 점, 우월감이 있음이 틀림없다고 반성하여 이를 교정해서 향상되도록 힘쓴다.

자기 마음대로 하게 내버려 두거나 치켜 올려주는 상사의 경우에는 부하의 버릇이 나빠지지만, 그와 반대로 냉혹하게 대해 주는 상사의 경우에는 매사에 긴장하게 되고 여러 가지로 생각하고 연구하기 때문에 오히려 대인관계에 좋은 공부의 기회로 만든다. 즉, 성장의 찬스인 것이다.

또한 그런 상사는 교사의 역할을 해주는 셈이어서 장래 상사가 되었을 때 자기보다 능력이 높은 부하를 적대시한다든가 미워해서는 안 된다고 교훈으로 삼게 된다.

그보다도 더 훌륭한 자세는 상사의 성적을 높여줄 수 있는 좋은 성과를 올리면, 처음에는 미워하고 싫어하던 상사도 부하직원을 중요시하는 방향으로 변해 가게 된다. 이런 것도 앞에서 말한 상사에 대한 깊은 연구에서 생겨나게 된다.

어쨌든 상사는 윗사람이다. 적당히 상사를 이용할 줄 알게 되면, 샐러리맨으로서는 초일류이다. 이쪽의 능력이 훨씬 높으면, 그런 일은 얼마든지 가능하다.

*

깊은 집중은 성공의 힘이다.

집중하게 되면 자신감이 생겨 모든 일이 가능하게 보이며, 자기가 세운 꿈을 실현할 수 있다고 믿게 해준다. 즉 목적으로 달려가게 하는 원동력이 되는 것이다. 그러므로 지나간 과오나 실패는 잊고 현재에 집중하면 보답을 얻는다.

부하로부터 돈을 빌려 달라는 부탁을 받았을 때

사랑이 없는 청춘, 지혜가 없는 노년 이 모두는 실패의 일상이다.
-스웨덴 속담

이번에는 부하직원의 사생활을 지도하는데 관련된 문제를 생각해 보기로 한다. 즉, 부하직원이 어느 날 조심스럽게 돈을 빌려 달라는 말을 해 왔을 때, 상사의 입장에서 어떻게 판단해야 하느냐는 문제이다.

이런 경우에 돈을 빌려주어야 하는가, 빌려주지 않아야 하는가. 빌려주지 않으려면 어떻게 지도하는 것이 좋을까.

우선 부하의 입장에서는 웬만큼 심각한 일이 있지 않는 한 상사에게 돈을 빌려 쓰지 않을 것이다. 빚을 얻을 때의 보증인이 되어 달라고 하는 경우도 여간해서는 없을 것이다.

승급·승진의 고과 평가를 하는 상사에게 자신이 빚 때문에 정신을 차리지 못한다고 일부러 알린다는 것은, 곧 자신의 평가를 떨어뜨려 달라고 자청하는 거나 마찬가지이기 때문이다.

빚을 지려면 형제·친구, 그 밖에도 얼마든지 대상이

있을 수 있다. 그런데도 굳이 상사에게 돈을 빌려 달라고 하는 것은, 누구도 그를 상대해 주지 않으니까 부끄러움도 체면도 없이 머리를 숙이고 온 것이므로 부득이한 사정 탓이라고 판단해야 한다.

그렇다면 부하의 생활이 파탄 상태에 이른 것도 알아채지 못하고 지도를 게을리하고 있었던 자신부터 반성해야 한다. 훌륭한 상사라면 적어도 부하 한 사람 한 사람에 대해서 1년에 두 번 정도는 생활 전반에 대해 이야기를 나누고, 해결해야 고충의 정도를 함께 고민해 보는 것도 직장 상사의 몫이다.

그러므로 그렇게 하지 못한 자신의 태만을 비로소 반성하는 기회로 삼아 당연히 부하한테서 사정을 들어보지 않으면 안 되겠지만, 그 부하직원은 사실대로 모든 것을 말하지는 않을 것이다. 아니 말할 수가 없을 것이다.

왜냐하면, 상사한테까지 오게 된 것은 어지간히 어려운 사정에 놓여 있어서 더 이상 이러지도 저러지도 못할 처지임이 틀림없기 때문이다. 벌써 이런 단계에 이르고 보니, 수십만 원 정도 빌려 써 보았자 임시방편에 지나지 않아서 사태의 수습은 까마득하기 마련이다.

따라서 이런 경우에는 얼마 안 되는 돈을 빌려주기보다도 궁지에 몰려 있는 본인의 생활 태도를 근본적으로 고쳐 나갈 수 있는 지혜를 빌려주어야 하며, 본인에게도 그런 각오를 갖게 해야 한다. '하늘은 스스로 돕는 자를 돕는다'란 말이 있듯이 타인에게 의지하지 말고 스스로 해결하도록 격려해 준다.

타인이 고생해서 모은 돈을 간단히 빌려 쓰려는 생각을 하는 좋지 못한 근성을 바로 잡아준다. 빚이 눈덩이처럼 불어나게 된 원인, 그것이 노름인지, 허영에 의한 신분에 맞지 않는 생활인지, 여자 관계인지, 잘 알 수 없겠지만, 그것을 단절시키는 것이 중요하다.

젊은 나이 탓도 있고, 어쨌든 재산이 없을 것이 틀림없다. 돈을 빌려준다 해도 갚을 능력이 안 될 것이다. 있는 것이라곤 월급과 보너스뿐이다. 이것은 그의 약점인 동시에 강점이기도 하다. 그의 수입 속에서 최대한의 액수를 계획적으로 떼어내서 빚을 갚게 하는 수밖에 없다. 이를 위한 생활 지도를 얼마나 해주느냐는 것이 간부의 입장에 있는 자에게는 매우 중요하다.

본인이 반성을 해서, 이 기회에 어떻게든 재기하고 싶어 한다면 가망이 있다. 가계부를 쓰게 하고 최저 생활비로 견디는 방법을 일러주어야 한다. 그 자신이 불러들인 역경을 극복할 수 있는 길은 그런 방법밖에 없다.

*

육체적 고통은 정신으로 치유할 수 있다

살아가노라면 고통은 피할 수 없고, 막을 방법도 없다. 하지만 마음먹기에 따라 모든 고통을 어느 정도는 조절할 수 있다.
옛날의 성인들은 일부러 고통을 찾아 맞서기도 했다. 힘을 주면 육체는 강해진다. 그러므로 정신에도 힘을 주어야 한다.

우리가 가지고 있으면서 기른 용기, 결심, 긍지 등은 무엇에 쓸 것인가? 고통이 없다면 그것들은 의미가 없다. 인간의 본성에서 가장 강력한 것은 정신력이다. 우리의 모든 힘, 육체의 힘과 정신의 이 한데 합쳐지면 그 강도의 힘은 어떠한 것으로도 막을 수 없다.

한 가지 일, 한 가지 문제에 전력투구하는 사람 앞에는 어떠한 장애물도 가로막지 못한다.

잘못된 부하의 이성교제 문제에 조언하고 싶을 때

우리의 삶에 있어서 마음을 놀라게 하고 평소의 생각을
송두리째 바꾸어 놓는 것이 바로 연애이다.
-스티븐슨

혼기에 이르면 이성에 대해 열을 올리게 되는 것은 누구나 경험하는 인생의 중대사이다.

그런데 '사랑에 눈이 멀고……'란 말이 있듯이, 제3자의 입장에서 냉정하게 살펴보면, 왜 저런 이상한 상대에게 반했는가 싶은 경우가 있다.

물론 인간성의 판단은 용모의 미추에 의해서 결정되는 것이 아니며, 오히려 '겉모습은 보살 같으나, 속마음은 야차 같다'란 말도 있는 만큼, 마음이 고운 쪽으로 끌리게 되는 것은 부정할 수 없다.

그러나 질이 나쁜 사람일수록 사교성이 좋고 남의 약 점을 알고 있으므로 세상 물정을 잘 모르는 사람을 달콤한 말로 녹여버리는 재주를 부린다.

그런 자에게 말려든 사람한테 충고해 주면 "그렇게 다정하고 좋은 사람을 나쁘게 말해서 갈라서게 하는 것은 질투하기 때문이다."라고 반박하면서 모처럼의 충고를 반대로 받아들이고, 오히려 전보다 더욱 깊은 관계에 빠지는 경향이 있다.

교언영색巧言令色의 교활한 남자나 여자는 주위 사람들이 시끄럽게 말할수록 그것은 자기들의 사이를 갈라놓으려고 하는 악의나 오해에 찬 편견이라고 상대방의 마음을 부채질하여, 두 사람만의 세계에 가두어 놓으려 한다.

마침내는 신뢰하고 있는 친형제나 친구의 충고와 조언조차 들으려고 하지 않게 되므로 성性의 뿌리 깊은 데에서 솟아나는 욕구야말로 강하기 이를 데 없는 것이라고 말하지 않을 수 없다.

그토록 정욕에 장님이 되어 사랑에 도취해 있는 젊은 남녀(중년이나 그 이상일 수도 있다)가 자기의 부하직원일 때에는 어떻게 하는 것이 옳은가 하는 문제이다.

참다못해 그 부모가 어떻게든 도와 달라고 울면서 호소해 올 때에 인생의 선배인 상사는 어떻게 판단하고 어떻게 처리해야 할 것인가.

아무리 나쁜 사람일지라도 좋은 점이 있기 마련이다. 많은 성추행을 습관적으로 하는 인간에게도, 순진한 청년을 유혹하는 악녀에게도, 물론 매력적인 데가 있다. 그렇기 때문에 강하게 매혹되는 것이다.

더구나 악한 자는 그 겉보기뿐인 허세를 최대한 효과적으로 활용해서 접근하기 때문에 세상 물정을 잘 모르는 남자와 여자는 두 팔을 꼭 묶인 먹이로 되어버리는 것도 무리는 아니다. 그리하여 술이나 마약에 취해 버린 듯한 남녀에게 그 매력 있는 부분을 속임수라고 아무리 말해 보았자, 전혀 들어주지 않는다.

또한 듣는다고 해도. 오히려 그런 유혹의 말을 높이 평가하려 하거나, 자기의 인격에 잘못이 있다는 지적을 받은 것에 자존심이 상해서, 더욱 더 반발하게 된다.

그러므로 이런 남녀 문제의 베테랑은 반대의 태도를 취한다. 갈라지게 해주고 싶은 상대방에 대해 좋게 말하고, 그들의 취한 행동이 옳았다는 말을 한다. 약간 위험한 방법이긴 하지만, 역수逆手를 쓰지 않을 수 없다고 판단하게 되는 것이다.

그렇게 되면, 그토록 주위에서 좋지 않은 소리만 듣는 터에 원군이 나타난 것으로 오인하여 안도하는 동시에 냉정해져서 문제의 상대방을 차분한 눈으로 다시 살펴볼 여유가 생기게 된다. 비로소 자신의 잘못을 깨닫게 된다.

*

제 8 장

“뿌린 대로 거두는 게 판단의 지혜이다”

길을 잃었다면 처음으로 돌아가서 다시 출발한다

충실하게 사는 것을 알고 있는 사람이 아름다운 죽음을 알고 있는 사람이다.
—테도르

혼돈 상태의 세상은 그 흐름이 어디로 가고 있는지 방향을 예상하기가 어렵다. 인플레와 불황이 뒤엉켜서 진행되는 것처럼 종래의 경제학으로서는 도저히 해석할 수가 없는 새로운 사태가 발생하여 경영 지침인 경제학까지 파탄했다고 거론되는 판국이다.

이러한 시대에 나아가야 할 방향이나 길을 그르치지 않도록 하는 것은 용이한 일이 아니지만, 오히려 이런 때야말로 프로의 능력을 발휘할 수 있는 절호의 기회라고도 말할 수 있다.

앞으로의 리더는 종전보다 훨씬 더 예민한 방향 감각을 가져야 한다. 방향 음치인 리더는 두말할 것도 없이 제구실을 해내지 못한다.

그런데, 방향 판단을 그르치지 않기 위해서는 무엇보다도 필요한 것은, 가령 등산을 예로 들어 이야기한다면 자석(지침)과 지도를 정확한 것으로 준비해 가지고 있어야 한다는 것이다. 지도가 지상의 가이드라면, 그 반대의 천계도天界圖가 지침 구실을 한다.

북극성이나 남십자성을 비롯하여 하늘에서 반짝이는 별들은 옛날부터 우리 인간을 인도해 주는 역할을 해 왔다.

비즈니스의 경우에 지침(자석)이라는 것은 경영이념, 경영방침이다. 그리고 개인의 신념 및 강렬한 목표, 목적의식이다.

이 경영 활동의 원점이 불확실하다거나 잘못 판단된 것이라면, 아예 이야기조차 성립되지 않는다. 길을 잃고 방황할 것은 당연하다. 대기업에서는 하루의 업무가 시작되면, 그날의 경영방침을 들려준다.

다음으로 지도는 계획이라고 말해도 좋다. 그런데 이 계획은 지도와 마찬가지로 매우 크고 평면적이다. 아무리 정확하게 그려놓아도 '지도는 현지가 아니다'라는 유명한 말이 있듯이, 지도의 냇물에는 물이 흐르고 있지 않으며, 물이 흐르는 속도도 차가움도 밝혀져 있지 않다. 삼림도 어느 정도 빽빽하고, 나무도 어느 정도 높고 굵은지 밝혀져 있지 않다.

이러한 것은 실제로 현지에 가서 확인하지 않고서는 알 수가 없다. 이것이 탐험가로서의 비즈니스맨이 할 일이며, 그의 능력을 보여주는 기회이기도 하다. 현지에서 이 강물은 어느 방향으로 흐르고 어떻게 건너야 하는가, 강변의 벼랑은 어떻게 올라가야 하는가, 이 숲은

가로질러 가야 하는가, 돌아서 가야 하는가를 판단하지 않으면 안 된다. 현장에서 판단하여 팀원에게 방향을 제시하는 것이 리더가 할 일이다.

하지만 지도나 방향계가 있더라도 예기치 못했던 비나 안개 때문에 시야가 가로막혀서 애를 태우고 있는 사이에 밤이 되는 경우도 있다. 길을 잃으면 팀이 다 함께 조난당하고 만다.

이러한 위기에 빠져서 방향을 잃은 때에는 기억을 되살려서 갈림길까지 일단 되돌아가 본다. 그러면 마음이 가라앉고, 다시 용기가 생긴다. 이것이 훌륭한 리더의 판단이며 행동 요령이다.

*

당신은 누구인가?

당신은 지식인이나 대단한 학자는 아닐지 모르지만, 그들 못지않게 세상일에 밝다. 숲속의 동물처럼 당신은 기민하고 민첩하며 적응력이 강하다.

당신은 세상 돌아가는 이치를 알고 있고, 올바른 상식이라는 것을 가지고 있다. 당신은 가슴 속 깊이 만족감을 느끼고 싶어 할 뿐만 아니라 물질적인 축복도 받고 싶어 한다.

당신은 인생이 빈약하고 무미건조하기보다는 풍요롭기를 바라지만, 이러한 소망은 당신을 상가나 이상주의자와 구별해 준다.

당신이 원하는 것이 별로 대가가 크지 않다는 생각이나 하면서 헛된 시간을 보내지 않는다.

당신은 자신이 원하는 인생을 위해 치러야 할 대가가 다름 아닌 일이라는 것을 알고 있다.

열심히 일하라. 열심히 일을 하지 않고는 좀 더 나은 인생을 바랄 수 없다는 것을 잘 알고 있다.

당신은 그러한 인생을 살기 위해서는 스스로 열심히 일을 해야 한다는 목적을 인식하고 있다.

세상의 움직임을 알 수 없으면 옛일을 돌아보라

자연은 우리를 속이지 않는다. 우리 자신을 속이는 것은 언제나 우리들이다.
—룻소

앞 장에서는 방향의 흐름에 대해 예를 들었는데, 여기서는 시류의 판단에 대해서 생각해 보기로 한다. 이것은 '정세 판단'과 중복되지만, 보다 더 실제적인 것을 함께 생각해 보자.

도대체 앞으로 경기가 어떻게 될지, 자원 에너지는 어떻게 될지, 시장의 동향은 어떻게 될지 잘 알 수가 없을 때는 어떻게 하면 좋을까.

이것은 누구나 알고 있는 일이지만, 그 흐름의 기복을 발견해야 한다. 기복이란 것은 '파동波動'이라고도 말한다. 주기週期, 즉 되풀이되는 현상이다.

인간 사회나 자연 현상을 관찰해서 그래프로 나타내 보면 시간의 축에 따라 크게 기복을 이루어 변화하고 있음을 알게 된다. 그 파장은 경우에 따라서 조금씩 변화를 보이지만, 대개는 엇비슷한 기복이 되풀이해서 발생하고 있다는 사실을 깨닫게 될 것이다.

최근 좋은 평판 속에서 신빙성이 있다고 앞에서도 언급한 '콘드라체프 파동설'이다. 콘드라체프는 스탈린에 의해서 숙청당하여 시베리아에서 행방도 알 수 없이 이슬로 사라져 버린 불행한 마르크스 경제학자이다.

그는 기술혁신(그 뒤에는 전쟁이 있다)에 의한 식량·에너지·공업용 원자재의 코스트 다운과 그 정체에 의해서 50년의 주기가 2백 년 전의 산업혁명에 의해 세계 경제화한 이후로 발생했다는 실증을 위한 노력을 거듭했던 것이다.

그의 주장에 의하면, 현재의 콘드라체프 경기의 기복은 20년 가까이 크게 하강기에 들었다고 한다(자원 에너지의 코스트 업의 기복은 반대로 상승기에 들었다고 할 수 있다).

만일 이 주장이 맞다면 석유는 해마다 값이 오르게 될 것이 분명하고, 어느 단계의 성장이 오랫동안 계속하게 되는 것이다. 이런 전망이 거의 확실하다고 예견할 수 있다면, 경영자로서나 개인으로서 어떠한 대책을 세우지 않으면 안 될 것이라는 결론을 얻을 것이다.

기복을 발견하는 자는 경제를 제압하는 것과 같다. 기복은 끈기 있는 데이터의 수집과 분석력에 의해서 발견할 수 있다.

*

지혜로운 판단으로 육감을 다스려라

기회가 두 번 다시 문을 두드린다고 생각지 말라.
–상포르

세상에는 훌륭한 육감六感의 소유자가 있는데, 이런 사람은 시대의 흐름을 천리안처럼 꿰뚫어 보며 앞일을 예견한다.

『성경』에 나오는 예언자가 그 전형적인 예인데, 근세에 와서 H. G 웰즈Herbert George Wells, 1866~1946라는 천재적 예언자가 있었다.

그가 소설의 형태로서 예언했던 과학기술에 대한 대부분이 실현되었으므로 훌륭한 예언자라고 말할 수 있다.

다소 이상스러운 예언자로서는 16세기 프랑스의 궁정 의사요, 점성술사였던 노스트라다무스Nostredame, Michel de, 1503~1566가 있다.

그가 남긴 매우 어려운 장편 4행시에는 영국의 세계 제패, 프랑스 혁명, 나폴레옹 황제의 출현을 비롯해서 히틀러의 등장, 제2차 세계대전 발발과 역사상의 대사건들이 일일이 시의 내용으로 예언되어 있다.

1999년에는 우주 전쟁에 의해서 지구가 멸망한다고

하여 한때는 우리나라에서도 크게 유명세를 발휘하였다.

근대에 이르러서는 수학자 허먼 칸이나 미국 SF작가 클라크 등이 현대의 예언자로 이야기될 수 있을 것이다.

그들만큼 유명하지는 않다고 하더라도, 회사에는 각각 선견지명이 뛰어나서 예측의 육감을 가진 것으로 평판이 나 있는 인물이 한두 사람씩은 있다. 이 책을 읽는 당신도 그런 사람의 하나일지 모른다.

그런데, 육감이란 것은 좀체로 이론으로 설명될 수 있는 것은 아니고, 오랫동안의 경험과 학습의 누적에서 솟아 나오는 것이다. 두뇌는 물론이고 육체 전부를 베이스로 한 전인적인 것의 발로이기 때문에 육체의 컨디션과 깊은 관계를 가지고 있다.

게다가 그 컨디션도 질병이나 상처와 같은 뚜렷한 육체적 부조화에 의해서가 아니라 피로, 과음 과식 등 본인도 제대로 자각하고 있지 못했던 사소한 육체적 부조화나 밸런스의 상실에 의해서 나빠지고, 이에 의해 육감은 미묘하게 정신과 이탈해 버린다.

만일에 자신감을 가지고 있던 방향 판단이 그릇되어 육감이 빗나가게 되면, 자신의 사고력이 쇠퇴하지 않았는가 겁먹기 전에 꼭 컨디션의 조정, 건강 진단 등에 의해서 잠재해 있는 질병의 징후를 발견하여 조기 치료를 받고 육감의 정상화를 찾아야 한다.

이것은 육체적 부조화에 의해 이탈된 육감의 잘못을 교정하는 방법이지만, 한편으로는 정신적으로 질병을 일으키는 경우도 있다. 즉, 육감이라는 것은 마음의 청증清澄·정적靜寂을 유지함으로써 예리한 빛을 발산하기 마련인데, 출세욕 때문에 부당한 방법으로 유명세에 편승하려는 욕망, 또는 라이벌에 대한 질투 따위의 방해 전파가 강해지면 필연적으로 육감이 그릇되어 방향 감각의 지침이 크게 흔들리고 적중률이 떨어질 수밖에 없다.

*

인내력을 기르는 4가지 단계

1. 명확하게 구체적인 목적의식을 가지고, 그 달성을 위해 불타는 욕망을 가질 것.

2. 목표 달성을 위해 보다 현실적인 계획을 세워 끊임없이 실천에 옮길 것.

3. 실천에 있어 소극적인 자세, 용기를 잃는 그러한 불필요한 부작용에 대해서는 굳게 마음의 문을 닫고 뒤를 돌아보지 말 것. 친척이나 친구들의 반대하는 충고도 예외는 아니다.

4. 자기의 성공 계획이나 목표를 수행하는 데 있어서 격려해 주는 사람들과 우호적인 관계를 맺는다.

올바른 판단은 의사의 처방과 같다

욕망은 태양과 같다. 그것은 이 땅 위의 모든 문제를
자기 안으로 흡수해 버린다.
—플로베르

예상을 불허하는 어려운 처지에 놓였을 때 책임 있는 지위의 사람이 독단·전횡으로 조직에 위험을 초래하지 않도록 중지를 모아서 올바르게 판단하는 요령에 대해 생각해 본다.

아무리 뛰어난 인물일지라도 앞에서 말한 것처럼 컨디션이 나빠지면 육감도 빗나가게 되어 결정적이라고 말할 수 있을 잘못된 판단을 내리는 경우가 있다.

어떤 연구자에 의하면, 역사에 이름을 남긴 영웅이나 위인들은 반쯤 정신이 나간 거나 다름없는 사람들뿐이어서 세계는 미치광이들의 지배를 받아왔다고 말할 정도이다. 또한 노년에 이르면 시의심猜疑心이 강해져서 충성스런 부하를 처형하게 된다는 말도 있다.

그러잖아도 예측을 불허하는 정세에 놓이면 동요에 흔들려 독단적이라고 비난을 받게 되는 그릇된 판단을 내리는 과오를 범한다.

그러므로 참모나 브레인이라는 사람을 주위에 두어

어드바이스를 받고, 보다 더 정확도가 높은 데이터를 수집하게 하여 판단의 정확성을 기하고 있는 것이다.

전문적인 브레인은 아니라고 하더라도 신뢰할 수 있는 상담 상대를 평소에 가까이하며 그릇된 독단을 내리는 일이 없도록 유의하는 것이 리더의 덕목이다.

그렇게 중지를 모으는 데도 연구가 필요하다. 먼저 성격이 다르고 사고방식이 다른 브레인을 상대자로 삼는 편이 좋다. 자기의 마음에 드는 사람만을 선택하거나 자기가 좋아할 정보나 의견만 내놓는 사람의 어드바이스는 도움이 되지 않는다.

한편 자기의 전문과 관계가 없는 분야의 사람의 조언을 듣는 것도 좋은 방법이다. 어떤 중간 기업의 오너는 자기의 업종과 전연 관계가 없는 업종의 사람을 브레인으로 두고 있다. '포켓머니'로 사례하고 그 밖에는 음식 대접을 할 뿐이다.

물론 각계의 전문인들은 그런 푼돈을 바라고 모인 것은 아니다. 큰돈을 받으면 부담이 되지만, 이런 격식 없는 작은 모임이고 보면 가볍고 자유롭게 느긋한 마음으로 제멋대로 의견을 내놓는다. 그러면 서로가 생각지도 않았던 발상에서 자극을 받아 자기의 전문 분야의 발전에 플러스가 된다 해서 기꺼이 이 모임에 출석하는 것이다.

판단을 정확하게 하기 위해서는 이와 같이 다각적이고 자유스러운 발상에 의한 의견이나 힌트가 바람직하며,

폭넓은 견해나 사고방식은 예측을 불허하는 정세 속에서 보다 더 정확도가 높은 판단과 결정을 낳아준다.

그러므로 아무리 훌륭한 브레인 또는 상담자가 있다고 하더라도, 이쪽서 내놓는 질문이 훌륭하지 못하면 보물을 썩히는 꼴이 된다. 현문현답이 우문우답으로 되기 때문이다.

질문이나 문제 제기는 상당히 어려운 것이다. 될 수 있는 대로 의외성이 있으면서도 시사성時事性이 풍부하고 구체적인 답을 얻고 싶어 하기 마련이지만, 그렇게 되려면 질문도 깊이 생각을 해서 급소를 찌르는 것이어야 한다. 한편 이쪽이 절실한 고민을 하고 있으면 상대방도 역시 진지하게 생각해 낸 답을 내놓을 것이다.

*

불평의 모래를 아낌없이 버리자

당신의 어려운 사정을 솔직하게 글로 써 본다. 일 년 동안 계속 써서 모아보면 틀림없이 거대한 리스트가 될 것이다.

이를 모두 고통의 문제라고 쓰여진 쓰레기통에 던져 버린 다음에 괴로움의 알맹이를 진솔하게 관찰해 보라. 그러면 어떤 중대한 사실을 발견하게 될 것이다.

일이 제대로 풀리지 않는 경우에 토로하는 불평의 씨앗이 도처에서 화합의 싹을 틔울 때 당신을 가치 있는 인간으로 가꾸어 준다. 인격의 그릇이 크면 클수록 많은 어려운 문제를 처리하여 담을 수가 있는 것이다.

역술인에게 물어보는 일이 나쁜 것은 아니다

왕국을 통치하는 것보다도 가정을 다스리는 쪽이 더 어렵다.
–몽테뉴

예측을 불허하는 불확실성 시대가 되면 불안한 인간은 점占에 의존하고 싶어 하는 증세를 보인다. 경영자 · 관리자 등 매우 이성적이라고 말할 수 있는 사람들조차 슬그머니 점장이 집의 문을 두드릴 만큼 음성적으로 점은 크게 붐이 일고 있다.

옛부터 전해 오는 수상 · 인상 · 트럼프 점을 비롯해서 성명학 · 방위학 · 사주 추명술 · 구성술, 한편으로는 가상家相 · 묘상墓相 등에 이르기까지 좋지 않은 점도 유행하고 있다.

그 방면의 뒷소문을 들은 바에 의하면 인감印鑑이건 무덤이건 한번 만들어 놓으면 오래 간직하기 때문에, 그중에서도 지혜 있는 자가 연구해서 생각해 낸 것이 인상印相인데, 이것이 크게 히트했고, 또한 이에 곁들여 묘상妙相이라는 것도 생겨나서, 마침내는 이름까지 흠을 잡아서 고치게 할 정도로 지나친 것이 된 듯하다.

어쨌든 요즈음은 서양의 점성술과 중국의 점성술이

크게 유행해서 컴퓨터를 이용한 점성술 책을 내고, 서울의 명동 한가운데서 점을 치기 시작했으니, 정말로 놀랄 만한 일이다. 태어난 시간과 장소에서 본 혹성과 성좌의 천체 배치도를 기초로 해서 운수를 판단한다니까 대단한 일이다.

본래 동양의 역학이나 서양의 점성술은 통계학의 일종으로서, 수많은 인간을 조사하여 그 경험을 말해 준 것이므로 경험이 많은 점장이가 아니면 신용할 수가 없기 마련이다. 점에 대한 연구를 책으로 내기도 하고 '신정음양연구회' 회장이기도 한 역학 연구 40년의 경력을 가지고 있는 정재운 회장에 의하면, 역경은 '궁하면 통한다'를 기본 이념으로 삼아서, 결코 사람을 절망시키지 않는 것이라고 말한다.

이런 역학의 본의를 확실하게 체득하고 있는 훌륭한 역학자와 상담하게 되면 인생에 대한 자신을 얻게 해주므로 판단에 플러스가 되기도 한다고 생각할 수 있다.

따라서 생각다 못해 역점이나 점성술에서 어드바이스를 얻으려 할 때에는, 정신에 활력을 넣어줄 훌륭한 전문가를 찾아가는 것이 중요하다고 말할 수 있다. 그러나 결국은 스스로 판단하지 않으면 안 된다는 것은 두말할 나위가 없다.

유행가에 '별은 무엇이든 다 알고 있다'란 가사가 있는데, 아무리 컴퓨터를 써서 4만 몇 개의 7제곱이나 되는 많은 해석 중에 적절한 것을 뽑아낸다고 하더라도,

그것이 딱 들어맞는다고는 말할 수 없다. 그러나 점괘를 들어보면 어느 정도 맞는 것 같기도 같다.

그 이유는 들어맞도록 답을 만들어 놓았기 때문이다. 누구에게나 있을 수 있는 인생의 이모저모를 교묘한 말로써 표현해 놓았기 때문에 들어맞는다고 생각되는 것이다. 그래도 자신을 회복하는 데 도움이 된다면 나름대로 가치가 있을 것이다.

*

시작이 반이다

무슨 일이건 미루기만 하다가 결국은 아무 일도 못 하는 사람도 있다. 그러나 그와 반대로 너무 서둘러 시작한 탓으로 크게 실패하는 경우도 있다.

무슨 일을 시작할 때 치밀하게 과거의 예를 살펴보고 미래를 예측해 보아야 한다는 것은 자명한 일이다. 그러나 사람의 일이다 보니 이론대로 되지 않는 경우도 있고, 생각이나 경험이 모자라서 불충분하지만 그냥 시작하는 경우도 있다.

어떤 사람은 '뛰면서 생각한다.'는 명언을 남기기도 했지만, 우유부단하게 주저하는 쪽보다는 우선 행동으로 옮기는 데에 뜻을 둔 말일 것이다.

깊이 생각하고 시작하느냐, 우선 시작하고 생각하느냐는 상황에 따라 사람에 따라 다르다. 어쨌든 시작하지 않으면 아무 일도 이루지 못한다.

운명을 결정 짓는 급소를 찾아라

사랑에서 야망으로 옮겨가는 사람은 많으나 야망에서 사랑으로 돌아오는 사람은 드물다.
–라로시 푸코

우리들은 운이 좋다느니 나쁘다느니, 또는 따르고 있느니 따르지 않는다니 하고 자신의 운세를 말한다.

인생살이를 하면서 무엇을 하건 다 잘 되는 것 같은 기분이 들 때도 있는가 하면, 반대로 하는 일마다 실패를 해서 풀이 죽는 경우도 있다. 이런 체험에 의해서, 무엇인가 자기의 자유의사에 따라주지 않는 어떤 이유가 있는 게 아닐까 하는 생각을 갖게 된다.

이에 대해서는 여러 가지의 견해가 있다. 그 하나는 '바이오리듬'이라고 해서, 세상에 태어날 때부터 리듬이 있는데, 이 기복이 위로 올라갈 때와 아래로 내려갈 때와는 컨디션이 달라지며, 한편 2개의 바이오리듬의 기복이 있어 그것이 정상적이 아닐 때는 몸의 상태가 가장 나빠진다고 한다. 이런 경우에는 운이 다했느니 하는 식으로 운수와 연결시킨다는 것이다.

또 다른 하나는 바다의 간만과 같이 인간에게도 달의 인력에 의해서 썰물·밀물이 있어, 이것이 운수로 변화된다고 한다.

인간의 선조는 태초의 바닷속에서 살던 생물이었고, 실제로 인체의 90%가 물이다. 그러므로 본인이 알지 못하더라도 미묘하게 체내의 물이 조류의 밀물·썰물과 같은 움직임을 되풀이하는데, 그것이 운수와 관련된다는 견해이다.

생각컨대 점성술이라는 것도 별의 인력과 관계가 있을지도 모른다. 어쨌든 운이란 것을 삶의 큰 요소라고 생각하는 것은 잘못이다. '화복은 꼬아 놓은 새끼줄 같다'란 말이 있듯이 겉으로도 되고 속으로도 되며 위로 올라가기도 했다가 아래로 내려가기도 하는 등 변화하고 있는 것이라고 생각해야 한다.

역학에 '물이 다하면 변하고, 변하면 통하고, 통하면 오래 간다'라는 말이 있다. 또한 '음이 다하면 양으로 바뀐다'는 말도 있다. '궁하면 통한다'는게 바로 그것이다.

요컨대 매사를 좋은 방향으로 해석하고 절망하지 말라는 것인데, 언제나 좋은 쪽으로 낙천적으로 판단하게 하는 가르침이다. 바로 그러한 것이 인생 철학이다.

프랑스의 철학자이며 『행복론』의 저자로 유명한 알랭Ala-inm 1868~1951은 "낙천주의는 의지에 의해 생기는 것이지만, 염세주의는 인간이 자기를 포기했을 때의 상태이다."라고 말했다.

스웨덴 철학자 키엘케고오르Kie-rkegaard, Soren Aabye, 1813~1855도 '절망은 죽음에 이르는 병이다'라고 말했다.

즉, 운명이라든가 또는 운이 좋다는 것은, 어떤 역경에 부딪혀도 그 속에서 꼭 자기에게 플러스가 될 기회가 오게 된다는 신념을 가지게 하는 것이다. 다시 말해 그러한 노력을 계속 시켜주는 의지력이다.

'운명이란 것은 성격이고, 성격이란 것은 심리다'라고 말했거니와, 판단력은 의지력의 발현이다. 역학자를 찾아가 보고 싶은 생각이 일어날 만큼 마음이 흔들릴 때라는 것은 곧 무슨 일이건 좋게 해석하고, 좋게 판단하려는 마음이 흔들리는 때이다.

그러므로 훌륭한 역학자는, 당신은 곧 행운을 맞이할 것이라고 말해서 활력을 넣어주고, 앞으로 나아가려는, 또는 위로 올라가려는 강한 심리 상태로 돌아가도록 유도해 준다. 이것이 운세 판단의 급소이다.

*

가난은 계획이 필요 없다

가난과 부는 흐름이 바뀌는 물줄기와 같다. 그러므로 모든 사람들은 이 인생의 물줄기의 존재를 알려고 매달린다. 때로 그것은 인간의 사고력을 통해 이루어질 수 있다.

소극적인 감정은 가난으로 떨어지게 하는 지류를 이룬다. 그러므로 부가 가난을 대신할 때, 그 변화는 계획을 잘 세워 주의 깊게 수행함으로써 일어난다. 하지만 가난은 아무런 계획을 필요로 하지 않는다.

실패는 성공을 보장하는 미래의 좋은 자산이다

패배란 무엇인가? 단지 교훈일 뿐이다. 보다 나은 지점으로 향하는 시작의 발걸음이다.
–필립스

여기서는 정세나 운명이 아니라, 인간에 대한 예측을 불허하는 경우를 생각해 보자.

얼마 전 어느 유명한 작가가 텔레비전에서 다음과 같이 말하는 것을 듣고 지당한 말이며, 바로 그대로라고 찬성한 적이 있었다.

'인간을 판단하는 데는 적어도 5년 이상의 사이클로 보지 않고서는 제대로 알 수 없다.'

지금의 학교 편제는 중학교, 고등학교가 각각 3년으로 선생이나 학부모는 3년이라는 기간에 성급히 학생의 성적이나 능력을 판단하려 한다.

인간의 삶을 긴 안목으로 보지 않으면 안 된다. '10세에 신동, 15세에 재자, 20세가 지나면 보통 사람'이라는 말이 있듯이 조숙한 사람은 자칫하면 나이를 먹어감에 따라서 더욱 평범해진다.

그 반대로 성숙이 늦은 사람은 이른바 대기만성이라고

해서 차분히 성장하여 철이 들 때에는 놀라울 정도의 영재나 걸물로 바뀐다.

그런데도 자칫하면 부모, 친형제, 친구, 주위 사람 등은 아랫사람의 성장을 제대로 알아채지 못한 채 옛날과 다름없는 줄로 생각하여 인물 판단을 정확히 파악하지 못한다.

"저 친구는 다 틀렸다."라는 소리를 듣던 사람이 어느 때부터 문득 깨닫는 바가 있어서 훌륭한 인간으로 바뀐다. 무엇보다도 유치하다든가 어린애 같다든가 바보스럽다는 소리를 들을 만큼 성장이 늦던 사람의 가속도적인 성장에 대해서는 눈여겨볼 필요가 있다.

옛부터 '후생을 두려워해야 한다. 그렇지 않고서는 후레자가 되어 오늘과 다름을 알지 못할 것이다'라는 말이 있듯이 그 겉모습에만 현혹되어 본질을 놓쳐서는 안 된다.

세계적 물리학자였던 아인슈타인도 12세 때까지는 열등아로 여겨지고 있었다 한다. 무엇보다도 에디슨이 초등학교 1학년 때 '이 아이는 머리의 지능이 멈춰 있다'는 말을 들어가며 퇴학당했다는 것은 유명한 얘기이다.

그러고 보면, 대기만성이라든가, 또는 청년기 후반에 이르러 두각을 나타내는 인물은 보통 사람의 범위에 들지 않는 이상한 면이 있다. 이런 것을 심리학에서는 '편의성'이라 하는데, 요컨대 '괴짜'라는 말이다.

'다소라도 광기가 없으면 큰일을 못 한다'라는 말이

있듯이 이상하게 생각되는 인간에 대해서는 주목을 하는 게 좋다고 말하는 심리학자도 있다.

이런 괴짜가 아니더라도 어쨌든 장래성이 있는 인간을 알아보고 미숙할 때부터 육성시켜 주는 사람이야말로 훌륭한 인격을 갖추었다고 할 것이다.

미국의 국무장관을 역임한 키신저 박사는 하버드 대학 교수 시절에 18년간이나 여름이 되면 국제 세미나를 열었는데, 그곳 청강생으로는 각국의 리더가 될 듯한 사람들만을 뽑아 교육했던 것 같다. 그곳을 거쳐간 사람들이 나중에 각국의 지도자가 되어 키신저의 성공에 크게 공헌했던 것이다.

*

성공에 관한 금언

1. 새는 말이 아니다. 한 번 날아가면 잡을 수 없다.

2. 이빨 빠진 다람쥐에게는 도토리를 주어도 아무 소용이 없다.

3. 두 마리의 말을 타게 되면 진흙 속에 빠진다.

4. 친한 벗과 동행하면 지루한 여행길도 반으로 줄어든다.

5. 백 사람의 친구는 많은 것이 아니다. 그러나 한 사람의 적은 너무 많은 것이다.

풋내기의 발상과 판단이 훗날의 성공을 기약한다

자신을 과신하지 않는 자는 신을 믿고 있는 자보다 훨씬 현명하다.
-괴테

앞에서 '후생을 두려워해야 한다'고 말했는데, 이번에는 '풋내기가 무섭다'는데 대해서 생각해 보고 싶다. '나는 프로다' 하고 자만하다 보면 어느 사이에 풋내기로 자리매김하고 있다, 아마추어라고 얕보았던 자들이 오히려 놀라울 정도로 앞질러서 성공하는 예는 흔히 있는 일이다.

대체로 역사적인 대발견이나 대발명이라는 것은, 본디 풋내기 같은 발상에서 이루어지는 경우가 많다.

유명한 에피소드로 역사상 처음으로 엔진 달린 비행기에 의한 비행에 성공했던 라이트 형제에 관한 전기가 있다.

라이트 형제는 자전거 장사를 하고 있었는데, 그들은 1903년 12월 17일 플라이어 1호라고 해서 기체를 가볍게 하기 위해 바퀴도 달지 않은 비행기를 혹한 속에서 셔츠 바람으로 조종하여 2백 60미터의 거리를 59초 동안에 날았지만, 그때까지도 전문가들은 인간에 의한 비행에 대해서 대단히 부정적이었다.

라이트 형제가 성공하던 전 해에 미국의 천문학자 뉴우컴 시몬Newocmb, Simon, 1835~1909도 '인류는 도저히 공중을 오랜 시간 날아다니기는 어렵다'고 학회에서 발표했을 정도였다.

1829년에 영국의 스티븐슨Stephenson, George 1781~1848이 로켓호라는 증기기관차를 처음으로 13.5마일의 속도로 달렸을 때, 어느 유명 학자는 시속 30마일로 달리게 된다면 인간은 질식한다고 말했다.

지금 생각하면 코미디 같은 당시를 엿볼 수 있을 것이다. 그보다 앞선 학자들은 반들반들한 레일에서는 미끄러지기 때문에 쇠바퀴로서는 달리지 못한다고 말하고 톱니바퀴처럼 만든 바퀴와 톱날 같은 레일이 아니면 안 된다고 말했다고 한다.

컬러 필름을 발명하여 완성시킨 것은 폴란드 출신 피아니스트이자 작곡가인 고도프스키Godowsky, Lepold, 1870~1938와 바이올리니스트이자 지휘자인 만네스Mannes, David, 1866~1959라는 두 아마추어들이었다.

대체로 숙련자 전문가로 자처하는 사람들은 자신의 전문 분야를 철저히 잘 안다고 믿고 있다. 그러나 한계라는 것은 나무가지와도 같으므로 그 분야에서 다른 미개척의 나뭇가지로 나아가 보면 새로운 해결책이나 발명·발전이 이루어질 수 있는 가능성이 얼마든지 있게 마련이다.

이것을 '수목적 발상법'이라고 말하는데, 풋내기는 별로 선입견이 없는 만큼 용감히 새로운 가지로 옮겨가서 전문가조차도 깜짝 놀랄 정도의 큰 발명 · 발견을 이룰 수 있다.

기업의 새로운 제품(또는 새로운 시장) 개척을 위한 '프로젝트팀'에는 반드시 풋내기(그 방면의 문외한이지만 다른 분야에서는 프로급인 사람)을 한 사람 정도는 참가시켜야 한다는 것도, 풋내기의 예기치 않은 발상이나 발언이 매우 좋은 힌트가 되는 일이 있기 때문이다.

*

죽을 힘을 다하면 길이 트인다

영혼, 그것은 인간을 지상의 모든 것과 구별하는 불멸의 불꽃이다.
–쿠퍼

앞에서 예측을 불허하는 경우라는 것에 대해 생각해 보았는데, 세상은 예측을 불허하고 또한 예측할 수 없는 일이 대부분이라고 생각하는 편이 나을 것이다.

그렇게 각오를 굳히고 전진하면, 무슨 일이 일어나든간에 당황하거나 갑자기 기가 죽는 일이 없다.

이상이 정상이고, 정상이 이상이라고 생각하면 좋을 것이다. 제행무상諸行無常, 만물유전萬物流轉이라고 하듯이 모든 것은 변한다. 수레처럼 둥글둥글 구르고 운전을 해 가기 때문에 '운運'이고, 그래서 운은 역전된다는 것을 판단하라고 앞에서 말했다.

내일 갑자기 죽게 될지도 모른다. 내 이웃에 살고 있던 남자는 검도 5단에 골프로 단련된 늠름한 몸을 가지고 있는 회사 사장이었는데, 50세가 될까말까한 나이에 어느 날 밤 갑자기 심장마비로 쓰러져서 세상을 떠나고 말았다. 참으로 세상일이란 것은 알 수가 없는 것이다.

그러므로, 혹시라도 내일 갑작스런 죽음을 맞이해도 괜찮으니 눈을 뜨고 있는 오늘 최선을 다해서 할 수 있는 데까지는 해 본다는 것이 무엇보다 중요한 판단이다.

아무리 그렇게 각오를 단단히 하고 있었더라도 막상 비상사태가 발생하면, 누구나 동요한다. 타인에게 눈치 채이지 않게 하면서도 안색이 바뀌고 목소리가 흥분 때문에 거칠어지기도 한다. 그런 때에는 아랫배에 꽉 힘을 주고 호흡을 조정해야 한다.

호흡을 조정한다는 것은 심호흡을 가리킨다. 복식호흡이다. 숨을 조절해서 심호흡을 하는 방법을 '조석법潮汐法'이라고 말하는데, 종교에서나 무도에서도 그 밖의 다른 수업에 있어서도 대체로 기본 동작 중의 기본으로 되어있다.

죽는 것을 숨을 거둔다고도 말한다. 산다는 것은 다름 아닌 호흡하는 것이다. 스태미너란 것은 아무리 쇠고기나 마늘을 많이 먹어도 억지로 늘지 않는다. 그러한 것을 연소시키는 산소 보급량 즉, 호흡에 의해서 결정되는 것이다. 심호흡을 해서 폐 속에 공기를 넣는 것으로 스태미너가 결정된다.

저자도 최근에 와서야 알았는데, 석가모니도 호흡법에 대한 경전을 남겼던 듯하다. 『석존 호흡법』이란 책에 의하면, 석가는 35세에 '아나바 사치'라는 호흡법을 깨달았는데, 그것이 「대안반수의경」이라는 경전으로 남아 전해지고 있다 한다.

이 '아나바 사치'에 의하면 호주흡종呼主吸從이라고 해서 숨은 토하는 것이 중요하다니까, 체조의 심호흡이

들여마시는데 주력하고 있는 것과는 반대이다. 복식 호흡으로 조용히 심호흡을 하면 이상하게도 침착해지고, 자신과 힘이 넘치게 된다.

*

적극적 사고의 비결

1. 당신은 '불가능하다'고 하는 생각에 절대로 긍정하지 말라.

2. 어려운 문제가 포함된 어떤 유익한 생각에 직면했을 때 낙심하지 말고 끝까지 그 문제 해결을 위해 노력하라.

3. 당신에게 주어진 어떠한 가능성을 부인하지 말라. 왜냐하면 당신은 이미 실패한 경험이 있고, 지금은 오직 열쇠만을 찾지 못했기 때문에 가능한 것이다.

4. 당신은 어떤 일정한 일이나 문제에 대해 지금까지 어떤 사람도 성공하지 못했다고 해서 당신도 마찬가지라는 생각을 갖지 말라. 남과 비교하여 창조적인 생각을 억압하는 것은 금물이다.

5. 당신은 스스로 불완전하다고 해서 어떠한 기회나 장래의 설계를 포기하지 말라.

6. 당신은 밧줄의 끝에 이르렀다고 해서 결코 중단하지 말라. 한 가지 목표가 달성되면 더 높은 새로운 목표를 설정하고 계속해서 전진하라.

7. 성공하기 위해서는 실패를 두려워해서는 안 된다. 성공한 사람은 실패를 교훈으로 삼지만, 실패한 사람은 그것을 공포로 생각한다.

결단을 내리기 전에 철저히 데이터를 모아라

기회는 새와 같은 것이다. 날아가기 전에 붙잡아라.
—실러

결단이라고 하지만, 아무런 준비 없이 갑자기 단안을 내리지 않으면 안 될 경우는 좀체로 없다. 막다른 곳에 몰릴 때까지는 어느 정도의 시간이 있기 마련이다.

하지만 결단력이 부족한 사람은 그런 파국까지 몰리게 된다는 것을 예감을 하면서도 문제의 본질에 얼굴을 돌려서 심리적으로 기피하고 있다가 빠져나갈 구멍이 없어져서 덜미를 잡히게끔 되자, "아이쿠!" 하고 비명을 울리는 식이어서는 결단이라고 말할 수가 없다.

참으로 결단력이 있는 사람은 닥쳐오는 위기에서 눈을 돌리는 일 없이 철저하게 정보를 모으고 분석한다. 그리고 시간이 다 될 때까지 데이터에 입각해 숙지하고, 여러모로 대책을 생각해 본 뒤에 최종 판단을 내린다.

하지만, 그러한 정보 데이터를 가능한 많이 모은다 해도, 그것만으로는 불충분하다. 물론 수학 방정식을 풀 듯이 데이터가 갖춰지면 해답이 너무나 빨리 제시되므로 '결단'이라는 거창한 말을 쓸 필요도 없을 것이다.

데이터 정보가 불충분하기 때문에 애써 그 부족분을 육감으로 보충하고 결단을 내린다. 즉, 언어나 숫자로서는 명확히 표현되지 않는 '무엇'의 정체를 간파하여, '얏!'고 내려치는 것이다. 이것이 결단이다.

그 대신에 불확실한 것을 확실한 것처럼 자기의 판단으로 단정 짓기 때문에, 당연히 자기가 그 결과에 대해 책임을 지지 않으면 안 된다. 여자 같은 남자는 그 책임을 지고 싶어 하지 않기 때문에 불결단으로 책임을 회피한다.

책임을 진다는 것은 때로 자신의 진퇴를 걸지 않으면 안 되는 경우가 있다. 그러나 어느 그룹의 책임자의 체험에 의하면, 40년 가까이 회사에 재직했어도 자신의 목을 걸고 도장을 찍은 일은 두세 번밖에 없었다고 한다.

그러나 사실은 그 두세 번, 때로는 단 한 번 때문에 사장이나 중역의 존재 가치가 있는 것이고, 또 많은 봉급을 받는 것이다. 중간 간부인 경우에는, 예를 들어서 상사의 허가가 없으면 결정을 할 수 없는 중요한 사태가 돌발했는데, 그 상사를 찾을 여유가 없어서 임의로 상사의 이름을 붙여 긴급 대책을 마련할 때, 그 월권행위 때문에 자신의 진퇴를 걸게 된다.

다행히 일이 잘되면 상사도 '하는 수 없다'고 양해해 주지만, 잘못되어 손해가 커질 때에는 그야말로 스스로 물러나야 한다.

이런 때, 부하직원이 비록 실패했더라도 '잘못했다'고

나무라지도 말고 오히려 격려하면서 자기의 책임으로 돌리는 상사가 있다면, 그야말로 대단한 인물이다. 여기에서 그 문제에 대한 상사의 결단이 엿보인다.

이러한 상사 덕분에 오히려 신뢰받게 된다면, 비즈니스맨으로서는 최고의 행운이라고 말할 수 있을 것이다.

*

제 9 장

"꿈꾸는 자가 세상을 바꾼다"

실천하지 않는 꿈은 꿈이 아니다

절제와 노동은 인간에게 있어서 진실된 두 사람의 의사이다.
–파블로

결단력은 남자의 기본적인 필요조건이다. 순간적으로 단호하고 정확한 결정을 내리는 사람이 참된 리더이다.

일상적인 결정은 누구나 할 수 있고 집단 결정을 내리는 시스템이라면 범용한 매니저도 얼마든지 해 내지만, 이번 결정에 의해서 모든 게 결정되어 버린다는 막다른 길에서의 결단은 리더의 품격이 아니고는 불가능하다.

심리학자에 의하면 극성스러운 엄마 밑에서 자란 '마더 콤플렉스가'가 강하고 유약한 남성은 결단력이 약하다고 한다.

반대로 부친에게 매질로 단련 받고, 엄격한 부친과 대결하면서 자란 남성은 결단력이 있다. 그 이유는 초자아超自我가 부친과의 접촉 속에서 강해졌기 때문이라고 한다.

그렇다면, 오늘날의 청년들 대부분이 극성스러운 엄마 밑에서 자란 탓에 마더 콤플렉스가 강하기 때문에 결단력이 약하다는 이야기가 되므로 장래가 걱정스러워진다.

그러고 보면 신좌익이라고 불리워지는 과격파 속에는 마더 콤플렉스가 강한 자들이 많은 듯하다. 헬멧을 푹 눌러쓰고 복면을 하고 무리를 짓지 못하면 행동에 나서지 못한다. 혼자일 때에는 여자만도 못한 자들이 집단을 이루면 폭파 · 살인 등의 과격한 짓을 함부로 자행한다. 이런 것은 결단력이 아니다. 명령을 받고 행하는 타율적인 행동이다. 명령받은 대로 주민들을 참살하는 중동의 IS 등은 그 전형적인 예이다.

머리의 회전이 빠르고 말솜씨도 좋고 그럴듯한 수작은 다 늘어놓으면서도, 막상 어떻게 할 것인가 하고 급박한 정세에 부딪히면 주저하는 무리가 오늘날의 우리 사회 속에는 너무도 많다.

이런 현상은 영국의 마가렛 대처가 결단력을 높이 평가받아 수상이 되었는가 하면, 세계 각국에서 일어나고 있는 똑같은 현상이 여성화, 불결단 시대의 상징이 아닐까.

어쨌든 결단력이 시대를 움직이고, 세계를 바꾸어 가고 있는 것을 부정할 수 없는 것이다.

*

큰 욕망이 큰 성공을 가져온다

모든 목표에 대한 관찰을 위한 출발의 발판은 욕망이다.
이 점을 언제나 마음속에 간직해 두고 성공의 불을 지펴야 한다. 작은 불을 지피고 있으면 극히 소량의 열밖에 얻을 수 없는 것과 같이 욕망이 작으면 얻어지는 결과도 작을 수밖에 없다. 자신이 끈기가 없다는 사실을 깨달았다면, 그 약점을 욕망이라는 불로 일으켜 크게 타오르게 함으로써 바로 잡을 수 있다.

적절한 시기에 물러나는 것이 리더의 결단이다

최상의 것을 기대하라. 최악의 경우를 대비하라.
오늘 주어진 것을 받아들여라.
–지글러

'나가기만 하고 물러설 줄은 모르는 장수는 위험하다'라는 것은 손자孫子(중국 춘추시대의 병법가)의 가르침이거니와, 어디서 한 걸음 물러서느냐를 결단하는 것은 실로 어려운 일이다.

천재적인 작전으로 직업 군인들의 혀를 내두르게 했던 히틀러도 스탈린 그라드에서 소련과의 결정적인 싸움에서 퇴각할 기회를 놓치고 끝내는 지하실에서 비극적인 자결로 최후를 마쳤다.

그처럼 퇴각이라는 것은 체면과 관계가 있기 때문에 결단하기가 어렵다. 특히 파죽지세로 연전연승을 거둔 뒤의 퇴각은 더욱 어렵다. 그것을 과감하게 해내는 자가 결단력이 뛰어난 명장인 것이다.

제2차 세계대전에서 체면을 잃었던 일본이 전후의 경제 전쟁에서는 훌륭한 전략적 후퇴로 성공하였다. 석유 쇼크에 의한 세계 경제의 후퇴 속에서 가장 빨리 그 쇼크를 소화 흡수하여 두 걸음 전진했던 것이 일본이었다.

특히 에너지를 많이 소비하는 산업인 제철업계의 예를 보면, 유럽이나 미국에서는 석유 소비량을 줄이는 일밖에 하지 못했지만, 일본에서는 생산을 줄이지 않고 그 고열을 '리사이클'에 이용하는 데 성공했다. 이것이 일본 경제를 일으켜 세우는 모체가 되었다.

*

기회를 창조하는 사람이 되어라

당신 스스로가 기회이다. 따라서 당신 자신이 스스로의 운명을 개척하는 문을 두드려야 한다. 즉 기회가 왔을 때 그 기회를 붙잡을 수 있는 준비를 늘 해야 한다. 당신의 능력을 개발시키고 이미지를 만들어야 한다. 그렇게 함으로써 자존감은 더욱 높아지고 삶은 보다 풍요로워진다.

성공의 현장에는 주저없는 결단이 있다

진실한 사람의 마음은 언제나 평온하다.
–셰익스피어

늘 한 차원 높은 발상發想을 하고 결단하는 능력을 갖추게 되면, 어떤 문제가 발생해도 해결할 수 있다.

그러므로 고차원의 발상과 결단에 대해서건물의 층수로 설명해 보겠다.

'1차원'은 1층에 해당된다. 이런 까닭에 걸핏하면 싸우기 일수이고 자신의 허물은 생각지 않고 남을 미워하고 불신하게 된다.

'2차원'은 2층에 해당된다. 어른이 되어 상식도 갖추고 우호적 인간관계를 깨닫게 된다. 숫자의 단계를 지난 언어를 구사할 수 있게 되고 관리와 전술을 마스터 한다. 그러나 적당주의이고, 1차원이 상하 간에 불신하는 상태인데 반해, 이 2차원은 상사를 신뢰하긴 해도 다소 불신하는 상태이다. 수학적으로는 플러스의 단계이다.

'3차원'은 3층에 해당하며 1, 2층보다 멀리 넓게 볼 수 있다. 상식을 넘어서 비상식적이고, 전략의 단계에 이르고 관리를 넘어 경영을 할 수 있게 된다.

언어를 초월해서 '상象'을 구사할 수 있게 되고, 높은 입장에서의 격려에 의해 적당주의를 넘어선다. 상하 모두가 신뢰하는 관계가 되지만, 높은 발전을 위해서 다시 고차원의 싸움을 하게 된다. 수학적으로는 나누기(÷)이다. 변화에 강하고, 대범해진다.

'4차원'이 되면 곱하기(×)로 되며, 통일된 연속적인 선순환으로 이어진다.

그 이상으로 자리매김하면 필자도 잘 알 수 없으나 인간이 리드할 수 있는 차원은 6차원까지인 듯하다. 6차원의 세계는 '즉卽'의 세계로 진입된다. 생즉사生卽事, 실패는 곧 성공의 어머니, 개즉전체個卽全體, 일즉다一卽多라고 해서 극도로 추상적이지만, 잘 생각해 보면 납득할 수 있는 종교 · 철학의 세계이다.

색즉시공色卽是空, 공즉시색空卽是色, 생명즉현상生命卽現像으로 되면, 이는 관자재觀自在의 경지, 즉 성인聖人 · 철인哲人의 세계이다. 이를 깨달으면 6차원 세계에 들어선다.

이때 차원은 6차원에 이르렀다가 다시 1차원으로 되돌아가는 회전하는 세계라고 말하는 사람도 있다.

종種, 횡橫, 높이, 시간, 세력 · 에너지, 지향 · 방향의 6가지가 융합된 세계를 6차원이라고 주장하는 사람도 있다.

설명이 다소 불가지론不可知論처럼 되었지만, 요컨대 차원이 높아지면 보다 더 자유롭게 활동할 수 있는 것은 당연한 일이 아닌가.

*

고통 속에서 삶을 재창조한다

우리가 사소한 일로 번민할 때, 대수롭지도 않은 일을 가지고 쓸데없이 화를 낼 때, 다른 사람보다 나아지려고 안간힘을 쓸 때, 자기보다 못한 사람을 도와주지 않을 때, 돈을 제대로 쓸 줄도 모르면서 재물을 탐내어 서로 싸울 때, 권력 사용 방법도 모르면서 맹목적으로 욕심을 부릴 때, 수단만을 일삼고 목적을 이루지 못하면서 밤낮으로 동분서주할 때, 그들은 이러한 삶의 비애에 더 큰 고통을 받는다.

시간은 부족하고 하나도 성취되는 것이 없는 인간의 삶, 공연히 허망한 노력만 하고, 타인의 성공 기회마저 해치고, 쓸데없이 싸움만 일삼는다면, 이는 심신과 정신을 낭비할 뿐이다. 이와 같이 인생의 도처에는 좌절만이 있을 따름이다.

목적 달성이 가능한 기술을 꾸준히 익혀라

예술은 채찍을 사용하지 않고 인간을 교육할 수 있는
유일한 수단이다.
–버나드 쇼

결단을 할 때 사사롭거나 감정적인 것은 절대 금물이다.

역사상의 위인 영웅들 중에도 사사로운 마음에 치우친 결단 때문에 마지막 생애를 더럽힌 인물들이 많다.

온갖 난관을 거쳐 성공을 거둬서 이름이 높아지면 분별을 잃어 무능한 부하를 너무 편애하거나, 여자의 사사로운 마음으로 가득 찬 요구를 쫓아서 어리석은 아들에게 제왕의 자리를 물려주기도 하여, 마침내는 왕조가 끊어지는 경우도 있다.

나이가 많아지고 병이 들어서 판단력이 둔해지는 경우도 있지만, 어쨌든 그렇게 되는 것은 사사로운 마음에 문제가 있기 때문이다. 영웅호걸에게서도 인간답게 나약한 면이 있는 것도 좋지 않으냐고 말하는 사람도 있지만, 훌륭한 인물의 후계자일수록 그의 지배를 받는 부하나 국민으로서는 참기 어려운 일이다.

그런 점에서 훌륭했고, 또한 널리 칭찬 받고 있는 사람은 일본 자동차 회사 혼다의 사장과 부사장의 은퇴에 관한 이야기다.

처음부터 혈연은 후계자로 삼지 않겠다면서 아우를 사퇴시키고, 아들을 자동차 디자이너로 교육시킨 혼다 사장은 사내에 인재가 없으면 외국인을 스카우트해서 후계자로 삼을지도 모른다고 공언하였다.

모든 새로운 차종의 개발에 전력투구를 하고 있던 혼다 사장이 일체 간섭하지 않고 시장에 내놓은 신종 차가 히트했을 때, 그는 이미 자기의 시대는 끝났다고 생각하여 미련 없이 은퇴해서 회장이나 상담역으로도 앉지 않고 회사의 고문이 되었다.

회사의 모든 경영을 맡겨 버린 이상, 그리고 내놓은 이상, 모든 것을 맡긴다는 식으로 처신하자 아주 기분이 좋았다.

더구나 그 두 사람의 은퇴는 신중하게 기회를 잡아서 이루어진 일이었다. 사실은 훨씬 전부터 혼다 본사에는 사장실도 없었고, 두 사람이 다 출근하지도 않았으며, 어쩌다 출근해도 현장에 갔을 뿐이고, 거의 모든 일을 후계자 그룹의 집단 지도에 맡긴 채 교육을 하고, 그들 중에 누구를 톱으로 만들어야 하는가를 주도면밀하게 살피고 있었던 것이다.

이런 처신은 앞에서 말했던 것과 같은 철저한 데이터 수집 뒤에 내리는 결단이라는 것에 해당한다.

인간인 이상 사사로운 마음을 완전히 배제한다는 것은 매우 어려운 일일 것이다. 하지만 그것을 의지의 힘, 이성의 힘으로 억제해서 사심이라는 구름을 헤치고 사물을 보면, 어떻게 해야 하느냐는 것이 분명해지게 된다.

사심을 버린다는 것은 공적 입장에서 선다는 것을 뜻한다. 공적 입장이란 기업을 어떻게 하면 가장 잘 발전시킬 수 있느냐는 공정한 견해, 긴 안목으로 보는 것을 말한다.

아주 당연한 자세이지만, 자신의 공명심이나 모험심이 앞서면, 아무래도 결단이 잘못 내려지기 마련이다. 이상하게도 사심이 끼어들면 업무 전반의 판단이 잘못 된다.

예컨대, 자기의 그룹이 뛰어난 성과를 올렸다고 하자. 사실에 있어서는 직원의 아이디어와 과감한 행동에 의해서 성과가 올랐던 것이지만, 리더의 공적이라고 해도 상관없다. 그러나 그런 때에 직원의 공적을 가로채지 않고 그 부하가 칭찬받게 해주면, 그 리더는 한층 돋보이게 된다.

*

부자가 되는 비결

대재벌이 된 카네기에게 어떤 사람이 물었다.

"재벌이 된 비결을 말씀해 주시겠습니까?"

"플래시 덕분이지요."

"플래시라뇨?"

"일생동안 아침 일찍 일어날 때마다, 오늘은 무엇을 해야 할지를 일러주는 플래시가 내 마음속에서 떠오릅니다. 나는 그 플래시가 시키는 대로만 하면 늘 성공하곤 했지요."

경영은 차가운 전쟁이다

인생에 가장 중요한 것은 직업의 선택이다. 하지만,
그것을 좌우하는 것은 우연이다.
–파스칼

경영 컨설턴트의 실무자 입장에서 경영의 톱, 또는 중요한 포스트에 있는 매니저가 중대한 결단을 내려야 할 때, 우선 전문인에게 상담을 청해서 자문을 구하는 일이다.

물론 전문인은 상담에 응하는 것이 장사이니까 기꺼이 응해서 협력하지만, 그런 경우 사원들과 어느 정도까지 상담했느냐고 물어보면, 거의 의견을 교환하지 않았다는 대답을 듣게 된다.

나 같으면 만사를 제쳐놓고 간부나 사원들과 의견을 나누고 그들의 지혜를 빌린다. 왜냐하면 제3자는 그 회사의 일을 잘 알지 못하기 때문에 가장 확실한 정보원으로서 직원들로부터 다양한 얘기를 들어 보고, 그다음에는 의견을 제안 · 플렌 등을 종합하여 자문을 구한다.

사원들 한 사람 한 사람은 제각기 부분적인 전문 분야의 일을 하고 있기 때문에 전체를 파악한다든가 장래의 장기적인 전망 같은 것에 있어서는 물론 경영자보다는 못하다. 그런 의미에서는 안목이 좁다고 말할 수 있다.

그러나, 그들의 말을 잘 들어보면 실로 훌륭한 정보와 힌트를 받게 된다. 무엇보다도 중요한 것은, 자신이 속해 있는 조직이 절박한 위기에 빠졌을 때 자기로서는 어떻게 해야 하는가, 무슨 일을 할 수 있는가에 대해 솔직한 의견을 들어보는 것이다.

어쨌든 경영 핵심에 있는 사람들, 톱의 측근에 있는 사람들보다도 경영의 내부에서 전혀 따돌려져 있던 사람들, 또는 과거의 실패나 다른 어떤 일로 해서 찬밥을 먹고 있던 사람들 쪽이 오히려 더 정확하게 귀중한 정보나 의견을 가지고 있는 경우가 있다.

그렇게 되는 이유는 문제의 소용돌이에서 떨어져 있어 관계자만큼 절실한 이해관계가 없으므로 비교적 냉정하게 객관적으로 사물을 보거나 생각하기 때문인지도 모른다. 이처럼 타인의 입장에서 보면 실로 리얼하고 정확하게 보이기 마련이다.

한편 회사 안에서 따돌림받고 있던 사람들의 의견이 자못 정확하다는 것도, 타인의 입장에서 가까운 생각을 하기 때문인지도 모른다.

사람은 남에게 의견을 내주고 지혜를 빌려주면 맹렬히 의욕을 낸다. 그리고 뜻밖의 아이디어를 내고 뛰어난 힘을 발휘한다. 인간의 잠재 능력은 무한하다고 말할 수 있을 만큼 그 가능성은 크다.

회사의 운명이 걸린 중대한 결단을 내릴 때일수록,

가장 의지가 되는 사원을 전면적으로 신뢰하고, 그들의 지혜를 빌리고, 그런 다음 외부에서 상담을 청해야 하지 않을까 생각해 본다.

*

일의 대가가 곧 성공이다

일의 대가가 곧 성공이다.
일로 하여 사람은 발전하고 부자가 된다.
일은 돈을 저축할 수 있게 하며 행운의 기초이다.
일은 인생을 즐겁고 행복하게 만들어 주는 요소이므로
우리는 일을 사랑해야 한다.
일의 축복과 결과를 기대하는가?
그렇다면 더욱 일하기를 즐겨라.
일을 사랑하면 인생이 즐겁고 가치 있게 그리고 풍요롭게
만들 것이다.

벽에 부딪힐 때마다 좌절하면 성공은 없다

인생은 학교다. 그곳에서는 행복보다 불행 쪽이 더 좋은 교사이다.
—프리제

퇴각 · 후퇴의 이야기가 나온 터에 매너리즘에 빠졌느니 벽에 부딪혔느니 하는 경우, 그 해결의 결단에 대해서 생각해 보기로 한다.

매너리즘은 '구태의연'이란 말이 되는데, 요컨대 주관적으로는 노력하고 있다 해도 전혀 진보하여 발전하지를 않고 정체해 있다는 뜻이다. 앞으로 나아가면 나아갈수록 더 깊이 빠져들어 바닥을 알 수 없는 늪에 빠지는 상태를 말한다.

하지만, 벽에 부딪혔음을 깨닫고 발버둥질을 치듯이 노력하는 사람은 그래도 희망이 있다. 한편 매너리즘에 빠져 있음을 깨닫지도 못하고, 혹은 깨달아도 대수롭지 않게 생각하며 생활환경과 행동을 바꾸려 하지 않는 사람이 의외로 많다는 것은 실망스럽다.

슬럼프도 매너리즘의 일종인데, 이것은 프로들이 쓰는 말이다, 3할대이든 유명 선수가 2할대로 낮아져서 아무리 연습을 해도 좀처럼 그 2할대의 수렁에서 헤어나지 못하는 상태를 슬럼프에 빠졌다고 말하지만, 1할 타자가 슬럼프에 빠졌다고 하면 '건방지게 굴지 말라'고 질책하는 것이 고작이다.

매너리즘에 빠져서 벽에 부딪혔을 때, 어떻게 생각하느냐가 중요하다. 나중에는 반드시 알게 되지만, 매너리즘이란 것은 창조적인 요소가 자신도 모르는 사이에 희박해진 결과로 생기를 잃어 비약의 에너지가 부족해진 상태이다. 반복하며 익숙해진 것을 되풀이하는 일은 마음 편하고 안전하고 머리를 썩힐 일도 없기 때문에 노력의 대가를 잃기 쉽다. 하지만, 반복만 하는 인간은 성장하지 못한다.

문득 깨닫고 보면 라이벌과의 큰 차이를 발견하고 깜짝 놀란다. 이것이 매너리즘의 자각이다.

그러면 매너리즘을 자각했을 때에는 어떻게 하는 것이 좋을까. 이것은 신이 새로운 비약을 하라고 일러주는 계시라고 생각해야 한다. 그러므로 매너리즘은 그 비약을 위해 신이 내려주신 도약대라고 감사해야 한다. 그러고 보면 매너리즘에 대한 감사의 기분이 다시 전환의 계기가 되어 새로운 첫걸음을 내닫게 해주는 것이다.

매너리즘이 새로운 창조를 위한 비약의 찬스라고 하면, 앞 장에서 이야기되었던 '1보 후퇴, 2보 전진'이라는 생각이 크게 도움이 된다.

즉, 비약을 위해서는 일단 몸을 굽히지 않으면 안 된다. 에너지를 축적했다가 점프하는 것이다. 이것은 1보

후퇴, 2보 전진과 똑같은 원리이다. 또는 3단 뛰기에서 넓게 또는 높게 뛰기 위해서는 선(도약대)에서 훨씬 뒤로 물러나 거리를 길게 해서 가속도를 높일 필요가 있는 것이다.

자신이 매너리즘의 단계에 들어 있다고 생각되거나 자신이 속한 조직이 매너리즘에 빠져 있다고 생각되면, 후퇴의 결단을 망설여서는 안 될 것이다.

앞으로 나갈 줄을 아는 자는 물러설 줄도 알아야 한다.

*

부자가 되고 싶다면 생각을 바꿔라

1. 당신을 성공으로 이끄는 원동력은 당신 마음속에 잠재되어 있는 힘이다.

2. 당신이 돈 없고 초라한 사람일지라도 불같은 욕망이 있는 한 기회는 반드시 찾아온다.

3. 대부분의 사람들은 성공이 자신의 손아귀에 쥐어지기 직전에 포기하고 만다.

4. 목적은 크든 작든 성공에 대한 시금석이다. 자기 일의 중요성에 대해 생각하는 습관을 길러라. 그럼 불가능해 보이는 일도 성취할 수 있다.

강한 적에게도 약점은 있다

성공을 자랑하는 것은 위험하다. 그러나 실패에
함구하는 것은 더 위험하다.
-케네

현대 사회의 적은 게릴라라는 무장 집단의 횡행이다. 그 역사적 예는 이탈리아에서 시작되었는데, 모로 전 수상이 붉은 여단이라는 무장 게릴라에게 학살 당해서 온 세계를 놀라게 했다.

소수의 집단이 큰 부대의 틈을 뚫고 들어가 전선을 교란하는 전술은 옛부터 있었으나, 이것을 이론화 체계화해서 실전에 응용하여 성공했던 것은 모택동이고, 쿠바의 게바라와 베트남의 보 구엔 지압 등이 그 뒤로 세계에 알려지게 되었다. 그들의 전술을 이어받은 게 중동의 IS집단이다.

이론이라고는 해도 아주 간단하다. 즉, 적이 진격하면 후퇴하고, 적이 후퇴하면 전진하고, 병력이 야영하고 있으면 그 주위에 출몰해서 그림자가 형체를 따라다니듯 접근을 하고, 틈이 보이면 적의 약점에 타격을 가한다는 것이다.

아무리 대군이어도 횡대 또는 종대로 전개했을 때, 그

일부분을 커트해 보면 소수가 된다. 이 소수를 3백 이상의 다수로 공격하면 반드시 이긴다.

또 지원부대가 도착하기 전에 재빨리 철수하면 병력이 온전할 수 있고, 다음 게릴라전에도 이긴다는 것이다. 깊이 쫓아 들어가는 것은 절대 금물이고, 상황의 정확한 판단, 특히 철수의 타이밍을 놓치지 않는 결단이 매우 중요하다고 한다,

단, 이런 게릴라전은 꿰뚫듯 잘 아는 지형과 광범위한 협력자가 있는 민족방위 전쟁인 경우에는 매우 유효하나, 쳐들어간 적지 안에서의 게릴라전은 월남 전쟁에서의 미군 그린베레 부대처럼 성과를 거두기는 어렵다.

여기서 말하려는 것은 그러한 게릴라를 예찬하려는 것이 아니라, 기업 간에 경쟁이 벌어지는 경우에도 큰 라이벌 기업을 상대해서 위축되지 말고 소수의 열세이더라도 게릴라식으로 싸우면 승리할 수 있다는 것이다.

아무리 열세라 해도 굽히지 않고 상대의 아킬레스건을 발견하여 공격하는 결단력을 크게 배워야 한다.

*

삶의 꽃밭에는 언제든 태풍이 불어온다

사람은 사람에게서 말을 배우고 신으로부터는
침묵하는 법을 배운다.
–플루타르크

미국 중공 소련은 말할 것도 없고, 독일 영국 프랑스 스웨덴 같은 나라들까지도 핵전쟁에 대비한 쉘터 건설과 그 속에서의 식량과 물 등의 저장을 서둘러서 전 국민이 언제라도 그 안에 들어가 살 수 있도록 준비 중이다.

소련에서는 핵전쟁이 일어나게 되면, 인구가 집중되어 있는 미국에서는 1억 5천만 명이 죽고, 소련은 넓은 국토에 분산되어 있기 때문에 3천 5백만 명 내지 5천만 명밖에 죽지 않는다는 계산이다. 그리하여, 미국에 5천만 명이 남는 데 대해 소련에서는 2억이 살아남을 테니까, 절대로 소련이 승리할 수 있다고 큰소리치는 듯하다.

제3차 세계대전의 위기가 닥쳐오면 준비한다는 생각들이지만, 이미 실질적으로는 제3차 대전이 이미 세계 곳곳에서 시작되었다는 것을 깨닫지 못하고 있는 것이다. 더구나 한반도의 상황은 속단할 수 없다.

내일 쉘터를 만들어도 괜찮은 게 아니라, 오늘 가능한 대로 쉘터를 만들어 놓아야 한다는 말이다. 오늘 밤에 핵전쟁이 시작되지 않는다고 누구도 보장할 수 없기 때문이다.

쉘터의 얘기가 너무 길어졌는데, 일사一事가 만사萬事라는 말도 있다.

미국의 정치가이자 외교관인 프랭클린은 '오늘 할 수 있는 일을 내일로 미루지 말라'고 말했는데, 성공 · 발전의 비결은 바로 여기에 있는 것이다.

오늘 할 수 있는 데도 내일 해도 된다고 미루는 것은 마음의 해이와 우유부단이고, 내일의 일을 방해하는 처사이다. 집중적으로 하면 곧 해치울 수 있는 일을 어물어물 미루는 불결단은 사람이나 조직을 망쳐 놓기 십상이다.

결심하는 날이 바로 길일吉日이라고 말한다. 생각나면 곧 행동하는 결단력, 이것이 생존의 법칙이다.

*

인간은 누구나 다 우주의 중심이다

인간은 누구나 다 우주의 중심이다. 그러므로 우주는 인간의 둘레를 제멋대로 빙빙 돌고 있는 것처럼 보인다. 또한 하루하루가 세계의 종점이며 정점이다. 그 배후에는 몇천 년에 걸친 민족의 흥망성쇠가 있었고, 그 이면에는 허무가 있을 뿐이다.

하지만, 이 순간 현재라는 정점에서 세계의 모든 기구가 협동하여 봉사하고 있는 것처럼 보인다. 소박하고 정의로운 인간은 자기가 중심이라는 사명감에 인류의 흐름 속에 모습을 드러내지만, 때로는 자기만이 홀로 인간의 강가에 서 있다는 고독감에 빠지게 될 때는 타인으로부터의 충고를 거부한다.

한편 인간은 각성을 통해 현실에 직면하고 있음을 절실히 느끼고, 상처받기 쉬운 정신을 적의 있는 가증한 세계라고 잘못 판단한다. 그리고 각성 상태가 엄습되었다고 생각되는 사람들, 문제를 제기하는 사람, 천재, 예언자, 이러한 무분별한 사람들에게서 본능적인 노여움으로부터 몸을 돌리게 된다.

결단이 어려울 때는 원점으로 돌아가라

좋은 말 한마디는 나쁜 책 한 권보다 낫다.
–르나르

차원과 관련된 이야기인데 1차원이면서 3차원이고, 4차원이기도 하다는 불가사의한 것으로 나선螺線(소용돌이)이 있다.

이 나선은 모든 것의 기본이어서, 무엇을 생각하게 되든 이에 대해 언급하지 않을 수 없다,

나사는 나선이고, 나사를 쓰지 않는 기계는 없다. 식물의 넝쿨도 나선이며, 생물의 기본으로 되어있는 아주 작은 DNA도 나선이다. 심지어 거대한 우주의 성운星雲도 나선으로 되어있다.

그래서 '생명의 본질은 나선이다'(괴테), '소용돌이는 우주의 수수께끼를 푸는 열쇠이다'(N. 스티킨)하는 말들이 생겨난 것이다.

나선을 그림으로 그려보면, 그리는 방법에 따라서는 하나의 점을 중심으로 해서 커지는 평면도로 나타낼 수 있다.

이 점을 원점 · 초심 · 기본 · 출발점 · 원리 · 원칙이라고 생각해 보면, 나선은 원점으로 회귀하면서 커진다고 볼

수도 있다.

사물은 직선적으로 발전하는 일이 좀체로 없고, 잠시 잘 되어 나가다가도 곧 벽에 부딪혀서 U턴을 하여 '초심으로 돌아감'으로써 다시 새로운 발전의 사이클이 시작된다고 정의하고 있다.

앞에서 말했던 매너리즘이라는 것도 이 U턴에서 의한 나선상의 회귀에 의해서 초월할 수 있다고 생각하면, 한결 알기 쉽지 않을까. 또한 고차원이라는 변화도 나선에 의해 위쪽 사이클로 올라가는 것이 아닐까.

'초심을 잊지 말라'는 말이 있듯이, 판단이나 결단으로 고심할 때 원점으로 회귀하는 것은 대단한 지혜라고 할 수 있다.

*

인간은 자기 자신에게로 돌아가는 길이다

인간의 생활은 모두 자기 자신에게로 돌아가는 하나의 길이며, 죽음의 시도이고 골목과 같은 미로이며 암시이다.

어떤 인간도 완전하게 자기 자신이었던 예는 없다. 누구나 다 그렇게 되려고 애쓰고 있을 뿐이다. 어떤 자는 막연하게, 어떤 자는 뚜렷이 그 힘에 의존한다.

인간은 모두 탄생의 유산인 원시의 점액과 알껍질을 죽을 때까지 숙명적으로 몸에 지니고 있다. 그러나 끝내 인간이 되지 못하고, 개구리나 도마뱀, 개미인 채로 남아 있는 것도 있다. 상반신은 인간이고 하반신은 물고기인 사람과 같은 동물도 있다.

그러나 개개인은 자연을 향해서 몸을 던지는 투척과 같은 존재에 불과하다. 우리들은 어머니라는 존재를 공통적으로 가지고 있다. 우리는 모두 같은 곳에서 생명을 얻은 것이다. 그것은 깊은 곳에서의 배설이며 투척되어진 개개인은 서로 다른 목표를 향해 노력하고 있을 뿐이다. 그러나 우리는 서로를 이해할 수 있다. 하지만 개개인은 자기 자신밖에 더이상 설명할 수 없는 제한된 존재이다.

제 10 장

“ 성공의 주인공은 바로 나 자신이다 ”

1초 전에 판단한 것이 최종판단이 아니다

돈을 지나치게 많이 갖고 있는 것은 지나치게
못 가진 것보다 훨씬 더 괴롭다.
–하이네

판단력 연구의 마지막 대상은 자기 판단이다. 그러므로 판단 중에서 가장 어려운 것이 자기 판단이 아닐까 한다.

철학의 기본 원점은 소크라테스의 '너 자신을 알라'이다. 자기의 실태를 알고 올바르게 자신을 판단한다는 것은 좀처럼 어려운 일이다. 어느 정도까지는 어쩔 수 없는 일이지만, 그것이 도를 지나치면 자기 과신이 되어 스스로 파놓은 구덩이에 떨어져 버리게 되는 것이다.

옆에서 지켜봤을 때 자부심이 강한 인간보다 더 못마땅하고 역겨운 것은 없다. 못난 놈일수록 잘난 체해서 웃음거리로 되고 있다는 것을 깨닫지 못하고 있으니 한심해진다.

왜 그런가 하면, 비교해서 판단하는 기준 척도가 낮기 때문이다. 확실히 자기보다 못한 자와 비교하면, 자기가 좋게 보일 것은 당연하다. 그래서 자기만족을 하고 있기 때문에 바보 소리를 듣는 수밖에 없다.

자부심이 강한 사람은 자기를 만족시켜 주는 형편없는 듯하던 사람이 미처 알아채지 못한 사이에 급성장해서 자신을 능가하게 되면 질투를 하면서 공격을 가하게 된다.

이를 심리학적으로 분석해 보면 대체로 다음과 같다.

첫째, 상대에 대해 험담을 하며, 엉터리로 빛 좋은 개살구라느니, 부정한 방법으로 출세했음이 틀림없다고 헐뜯는다. 이것은 상대를 끌어내리고 발을 잡아당겨서, 자기와 같은 위치에 놓아두고 싶어 하거나, 아니면 전처럼 자기 아래에 두고 싶어 하는 그릇된 표현이다.

둘째, 참 훌륭하다. 나 같은 건 아예 근처에도 못 따라가겠다. 창피해서 이젠 입도 벌리지 못하겠다. 이렇게 자기를 비하한다. 이것은 자부하는 경우의 반대인데, 자기 자신을 낮춤으로써 상대까지도 낮춰 놓고 싶어 하는 마음을 나타낸 표현이다.

셋째, 그는 훌륭하다. 놀랍게 성장했다. 나도 그에 못지않게 분발해서 그보다 더 나아지고 싶다. 이렇게 말하는 사람은 가장 건전하고 장래성이 있는 인물이다.

자부심을 잃는 것은 누구에게나 유감스러운 일이지만, 그런 때 무의식 중에 내뱉는 말에 의해서 자기의 성격이나 심정을 스스로 판단하여 반성하고 노력해야 할 것이다.

*

잠재의식의 능력이 미래를 만든다

사람들이 자신의 숨겨진 잠재능력을 깨닫지 못하고 활용하지 않는다면, 그 인생은 패배자라는 각인을 짊어지고 살아야 한다.

인생에서 가장 소중한 것은 이 잠재된 능력을 끌어내기 위해 얼마나 잠재의식을 다듬고 자각하고 활용하는가이다.

그것이 바로 인생의 목적이다.

"당신이 절망과 낙담, 그리고 우울증이라는 늪에 빠진 근본적인 원인은 당신의 생각과 감정, 즉 당신의 마음가짐에 있으며, 조건이나 환경은 참고사항에 지나지 않는다."

이와 같이 모든 문제의 근본적 원인이 자기 내부에 있다는 것을 인정하지 않는 한 인간은 자신이 만든 움막에서 영원히 나올 수 없으며 영광으로 빛나는 미래를 만날 수 없다.

영광된 미래에 도달하려면 '지금', '여기', '나'라는 세 가지의 핵심어를 가지고 모든 것을 믿고 생각해야 한다.

그래서 그것을 깨닫고 실천했을 때, 비로소 결실 있는 내일을 손에 넣을 수 있다.

잠재의식을 활용하여 목적을 달성하라

행복은 지배하여야 하고 불행은 극복해야 한다.
–독일 속담

자기 판단 중에서 자부自負와 정반대는 자기혐오이다. 지나치게 소중히 여긴다는 것은 그 반대로 백배 미워하게 된다는 상대성이 있고 자부가 뒤집히면 자기혐오로 자신을 잃게 된다.

어린이는 자신을 잃게 되면 성장이 멈추고, 학업 성적이 크게 떨어진다. 교육의 본질을 한마디로 말하면 '자신을 갖게 해주는 것'이기 때문에, 자신을 잃게 되는 것은 중요한 인생 문제이다.

어머니나 조부모가 어린 자식이나 손자를 교육할 때 흔히 저지르는 잘못을 비교 판단한다. 성적이 좋은 형제나 근처의 동급생 등과 비교해서 '못된 녀석'이라고 꾸짖으면 어린이의 자존심에 상처를 입혀 자신을 잃게 하고 반항심을 품게 된다. 타이른다는 것이 역효과를 낳는다는 사실을 모르고 있다.

자기 자신에 대해서 똑같은 행위를 하는 경우가 흔히 있다.

'나는 다 틀렸다. 실력이 없다'고 자신을 낮춰 생각하면 어느 사이엔가 정말 형편없는 사람이 되어버린다.

그렇게 되면 남들도 그 사람을 형편없는 인물로 간주하고 바보 취급을 하며, 제대로 상대해 주지 않게 된다. 이런 것도 자업자득이다.

'내가 뉘우치면, 남들도 뉘우친다'는 격언이 있다. 서양에서도 마찬가지여서, 프랑스 격언에는 '자기를 버러지로 생각하는 자는 남에게 짓밟힌다'는 것이다.

너무 자부심을 가져도 안 되고, 너무 자기혐오에 빠져서도 안 된다. 그 균형을 이루기는 매우 어렵다. 그러나 지나친 자부심보다는 그래도 자기혐오 쪽이 더 낫다.

자부심은 우월감이고 자기혐오는 열등감이지만, 열등감은 우월성을 뒤집어 놓은 것이므로 열등감이 강하다는 것은 속으로 우월한 입장에 서고 싶어 하는 기분이 강한 탓이라고 볼 수 있다.

즉 자부심은 자기보다 위치가 낮은 자를 표준으로 해서 자기만족을 하고 있는 데 비해, 열등감의 경우는 너무 높게 목표를 설정하고 그 위력에 스스로 기가 죽는 상태이다. 그러므로 기에 죽지를 말고 어떤 계기에 "해보자!" 하고 분발하면 크게 성장한다.

역사상의 유명인들을 조사해 보면 의외라고 할 만큼 열등감이 강한 사람이 많았음을 알고 놀라게 된다. 가난, 육체의 결함, 가문 신분, 학업 성적 따위에 대해서 심한 열등감을 품고 있었지만, 오히려 그것을 반발의 에너지원으로 삼아서 성장했던 것이다.

대체로 키가 작은 사람들 쪽에는 경쟁심이 강한 사람이 많고, 의젓하다는 장남보다 차남이나 3남 쪽이 인간적으로 더 강인하고, 사업을 해도 성공률이 높다. 언제나 장남과 비교하여 '두고 보자'란 생각을 하며 자랐기 때문이다.

요컨대 자기의 위치를 다른 사람들과 비교함으로써 적절한 판단을 내리고, 자신을 잃지 않고, 자부하지 않고, 보다 높은 목표를 설정하여 언제나 그곳을 향해서 노력해야 한다. 그리고 그 위치에 도달하면, 더욱 위치를 높여가면 인간은 죽을 때까지 성장할 수 있다.

*

일생 동안 양심의 거울 앞에 마주 서게 되는 시간은 짧다

우리의 인생이 영혼의 모습을 의식할 수 있는 시간, 즉 감각과 정신이 뒤로 물러서고 영혼이 적나라하게 양심의 거울 앞에 마주 서게 되는 시간은 매우 짧다. 이러한 형상은 대개 큰 고통을 체험하고 난 후에 일어난다. 어머니의 병상에서, 가까운 사람의 임종 곁에서, 혹은 길고 먼 고독한 여행을 끝내고 지친 몸으로 집에 돌아왔을 때 잠시 동안 그런 일이 일어날지도 모르지만, 그것은 언제나 좌절과 방해, 혼돈 속에서 진행된다. 바로 여기에 뜬눈으로 지새운 숱한 밤의 가치를 음미하게 된다.

이유를 알 수 없는 불안 속에서 잠 못 이룰 때 영혼은 현실의 사슬을 벗어버리고 벅찬 생명의 환희로 넘치는 충만감에 또다시 놀라게 될 것이다.

운명을 개척하는 문을 스스로 두드려라

돈이 있으면 이 세상에서는 많은 일을 할 수 있다. 그러나 젊음은 돈으로 살 수 없다.
—다이문트

이미 이야기한 것처럼 올바른 자기 판단이란 것은 끊임없이 성장하고 싶다는 인간으로서의 기본적인 욕구에 대해서 현재의 자기 위치를 확인하고, 더욱 향상하기 위한 높은 이상과 달성해야 할 목표를 설정하고 노력을 계속하는 일이다. 이것을 자각 또는 깨달음이라고 말한다.

이것은 자기의 가능성에 대한 각성 또는 재확인이며, 올바른 자기 판단에 의해서 인간은 크게 자신감을 가질 수 있게 된다.

자신감을 가지게 되면 잠재적인 가능성이라는 자기 속의 광산 또는 유전이 잇달아 개발될 수 있고, 불가사의한 에너지로 삶을 불태울 수 있다.

그러나 이런 자신도 과잉 상태가 되어 자기 현시의 욕망이 너무 강해지면 혐오를 받게 된다. 자부에 의해 실력을 갖추지 못한 자기 과신보다도, 다소 자신의 위치가 높아지는데, 주위에서 평가를 올바르게 해주지 않는다고 사방팔방으로 분풀이를 하게 된다.

이런 경우 자신이 있고 실력이 있다고 하더라도 아직은 어중띤 상태이다. 남들한테서 좋은 평가를 받지 못한다고 서운해 하는 것은 유치한 단계이다.

참으로 자신 있는 사람은 모든 일에 대해 초연하고, 오직 자기의 갈 길을 간다. 알아주는 사람들에 의해 알아주는 것으로 만족하고, 인정받으면 고맙게 여기고, 인정받지 못하더라도 자기로서 남몰래 자신하는 희망이 있기 때문에 마음속은 상쾌하다.

또한 참으로 실력 있고 자신 있는 인물은 여유가 있기 때문에, 상대방의 입장에 놓였을 경우를 생각할 줄도 알고, 적당히 남에게 양보하는 겸허한 면도 있다.

자기 판단의 경우에는 이상과 같은 척도로써 평가할 수 있다.

올바르게 자기 판단을 하기 위한 수업으로서는 불교를 기초로 한 내관법內觀法(마음을 고요히 하여 자신을 관찰함)을 비롯한 여러 가지 마음의 훈련법이 있다.

본격적인 연수는 이 내관법을 소개해 보면 다음과 같다.

7일 동안 홀로 조용한 방의 한구석에 앉아 벽을 향해서 아침부터 저녁때까지 오직 자기의 어린 시절부터 현재까지의 일을 하나하나 생각해 본다. 그 사이, 두 시간 간격으로 면접하러 오는 지도자에게 그때까지 내관하고 있었던 것을 말해 준다.

특히 모친에 대해서 어떠했는가를 깊이 반성하고 살펴본다. 대단한 마음의 고통이 따르지만, 5일째가 될 즈음해서는 실제 그대로의 자기가 뚜렷이 보이게 되어 참된 자각에 도달한다.

아무리 자기 판단이라고 하더라도, 그렇게까지 철저히 분석하고 조사하고 통찰해 이른다는 것은 참으로 대단한 일이다.

*

빌리는 인생보다 빌려주는 인생이 되어라

열매를 얻으려는 자는 과일나무에 올라가야 한다.
—풀러

자기 판단, 자기 분석을 함에 있어 자신의 과거를 부기회계적簿記會計的인 방식으로 정리해 보는 방법도 있다. 부기회계적이라고 해서 별로 어려운 것은 아니다.

요컨대 인생에 있어서 빌려 쓴 것이 많으냐 빌려준 것이 많으냐는 얘기이다. 물론 젊은 시절에는 빌려 쓴 것이 많다. 이는 꼭 금전적인 것만은 아니다. 금전적인 것도 포함되지만, 주로 정신적인 것, 사회적인 것이 주된 내용이다.

젊었을 때는 부모 형제에게는 말할 것도 없고, 스승·선배·상사 등에게까지 물심으로 빚이 있고, 그에 반해 보답이나 사회적 공헌이란 점에서는 대단히 불충분하다. 즉 빚이 많다는 말이다.

요즘 젊은이들은 경제성장률이 높아지면서 능력이나 실력에 어울리지 않는 많은 연봉을 받는다. 이 모든 것이 선배 세대들의 땀과 노력에 의해서 실현된 것임에도 당연한 것처럼 받아들인다. 또 자신은 별반 노력도 하지 않으면서 남에게 돈 빌려달라는 말을 서슴치 않는다.

이와 반대로 훌륭한 사람은 항상 빌려주는 쪽에 선다. '기브 앤드 테이크'의 인생에서 항상 '기브' 쪽이 많다. 복장이나 학력은 당당해도 정신적으로는 거지이고, 자기 이익만 차리는 자들에 비해 이들은 어떻게 다른가.

이런 사람들은 사회나 회사에 10% 내지 20%는 봉사하고 있다. 그리고 그런 사람들이 수지收支의 균형이 잡히지 않는, 적자赤字 무리들을 먹여 살리고 있는 것이다.

따라서 이러한 사람들은 일에 대한 금전적 보수를 보시布施로 생각하고 금전적으로는 전혀 채산이 맞지 않지만, 일의 보수는 일이고, 남들에게 도움을 주고 얻는 '보람급給'이라고 하는 무형의 가치 높은 보수로 만족하고 있는 것이다.

그뿐만 아니라, 앞에서 말한 정신적인 여유 때문에, 금전이 아닌 마음을 베풀고 있는 것이다. 비록 금전상으로는 가난하더라도 불교에서 말하는 '무재無財의 7시七施'를 실천하고 있는 것이다.

무재의 7시란 것은 다음 일곱 가지이다.

사신시捨身施(근로 봉사) · 화안시和顔施(화평한 얼굴) 심려시心慮施(친절) · 자안시慈眼施(상냥한 눈) · 애어시愛語施(다정한 말) · 방사시房捨施(비를 피하도록 방을 빌려줌) · 좌상시座床施(자리를 양보함).

*

창조적인 삶의 지혜

사람은 무엇 때문에 아침이면 일어나서 먹고, 마시고, 그리고 다시금 잠드는 것일까?

어린이, 젊은이, 야만인, 동물들까지 이 무관심한 일상이나 행동의 순회에 고민하지 않는다. 사색을 모르거나 괴로워하지 않는 자는 매일 반복되는 아침을 맞아 눈을 뜨고 기상하여 음식을 즐기며, 탐욕하며 거기서 만족을 느끼며 세상일에는 별로 신경 쓰지 않는다.

그러나 그것이 확실한 삶의 방법이라고 생각지 않는 사람은 하루하루를 살아가면서 날카롭게 주위를 돌아보며 참된 생활의 지혜를 구하게 된다.

이것을 창조적인 삶의 지혜라고 말할 수 있다. 왜냐하면 그와 같은 삶의 순간순간은 창조주와 합일된 감정을 맛볼 수 있는 생활의 향기이며 매사를 우연이라고 할 수 있는 것들조차 의욕적으로 받아들여지기 때문이다.

오늘 행복하지 않으면 내일을 기다릴 필요가 없다

기회의 문에는 '미시오', '당기시오'라는 글귀가 씌여 있다.
–지그 지글러

재무회계적인 자기 진단에 이어 심신의 건강 진단을 해 볼 필요가 있다. 심신의 재고 정리라고 말해도 좋다.

요즈음은 건강 진단 등 예방 의학의 발달 탓에 수명이 크게 늘어났다. 특히 식생활, 어느 한쪽으로 치우치지 않는 영양, 비만이 없는 단련된 체격과 지칠 줄을 모르는 스태미너, 이것에는 앞에서 말했던 호흡법이 중요하다. 만족한 잠을 자고 일찍 일어나서 체조를 한다.

이처럼 육체적인 건강도 중요하지만, 정신적인 건강도 좋은 상태로 유지해야 한다.

먼저 육체의 영양에 해당하는 마음의 영양으로서 교양은 어떤가. 대학까지 다니고도 교양 없는 사람이 있고, 반대로 초등학교 밖에 나오지 않았는데도 훌륭히 교양을 갖춘 사람이 있다.

교양이란 것은 헤아림이자 상대의 입장을 생각해주는 배려이다. 사람의 일에 대해 다양한 관심을 가지고, 여러 분야에서 가치를 낳고, 사회에 공헌하고 있는 사람들은 존경하고, 그 사람들의 역할을 알고, 그 역할을 통한 인간 형성을 배우는 걸 게을리하지 않는다. 이런 까닭에 선진국의 문화는 물론 후진국 문화도 가치가 있다고 생각하여 열심히 배운다.

예컨대, 국립박물관을 견학하면, 모든 민족의 문화는 모두 평등하게 훌륭한 것임을 발견할 수 있다.

앞으로는 전문분야를 두 가지 이상 가지고, 폭넓은 교양을 익히도록 하기 바란다. 전에는 전문분야가 한 가지뿐이어도 괜찮았으나, 앞으로는 세상이 복잡해져서 전문 영역도 두 가지 이상이 필요해질 것이다.

국제화 시대가 도래함에 따라 외국어도 2개 이상 배울 필요를 요구하고 있다. 하지만 그에 앞서 국어 실력을 갖춰야 한다. 외국 문화를 제대로 이해하기 위해서는 우선 내 나라 문화를 깊이 알아둘 필요가 있듯이, 외국어도 국어 실력과 교양이 충분해야 마스터 할 수 있다.

요컨대 의사소통 정도로 말하는 것보다도 무엇을 말하고 무엇을 전하느냐는 것이 문제이다.

*

자기 자신이 바라는 인생을 산다

- 자기 자신을 가장 먼저 생각한다.
- 자신의 장점만을 의식한다.
- 하고 싶지 않은 일은 하지 않는다.
- 싫은 소리를 하는 사람과는 상대하지 않는다.

- 자신의 일을 즐긴다.
- 성공을 이루기 위해 구체적으로 행동한다.
- 자기 자신의 가치를 믿는다.
- 스스로 생각하고 스스로 결정한다.
- 자기 자신은 반드시 행복해진다고 믿는다.

모든 어려움은 다리 밑에 흐르는 강물과도 같다

자신이 하는 일에 신념을 가지지 않으면 안 된다. 그리고
누구나 자기가 하는 일이 좋다고 굳게 믿으면 힘이 생기는 법이다.
–러스킨

인간으로서 국가나 사회에 한몫을 하고 있는가, 어떤가를 판단하는 기준으로서는 가치를 낳는 전문 기술과 기능을 지니고 있음과 동시에, 인류의 생존 발전을 위해 결혼을 해서 훌륭한 자녀를 낳아 기르는 것이 중요하다.

한편 독신주의자도 있을 테지만, 결혼해서 자녀를 낳는 것이 당연하다. 결혼하고도 자녀를 낳지 못하거나 낳지 않는다는 것은 3백만 년 전부터 발전되어 온 인류의 생명을 전하지 않고 중단하는 것이기 때문에 가장 큰 빚을 진 채로 세상을 등지는 삶이 된다. 불행히도 육체적으로 자녀를 낳을 수 없는 상태라면 양자를 구해 들이든가, 또는 불행한 아이들의 수용 시설을 찾아 봉사하는 것도 좋은 방법이다.

인간 조건의 다음 항목은 인생관의 확립과 인생 계획의 수립이다. 이것이 확고하지 못한 사람은 자기 판단을 할 수 없다. 인생관에 대해서는 다음 항으로 미루고,

여기서는 인생 계획에 대해서 생각해 보기로 하자. 인생 계획은 인생 설계라고 말해도 좋다.

이 세상을 살다 보면 인공적인 것은 모두 누군가가 설계하고 계획해서 만든 것이다. 자동차나 집은 말할 것도 없고, 연필 한 자루나 핀 한 개에 이르기까지, 누군가가 생각해서 설계하고 만들어 놓은 것이다. 이렇게 생각해 보면 우리는 모르는 사람들의 은혜를 얼마나 많이 입어 왔는가 하고 새삼 감탄하며, 고마운 느낌을 갖게 된다. 형태가 있는 상품뿐만 아니라, 형태가 없는 서비스도 훌륭한 은혜이다.

그러므로, 우리가 이 세상에 태어나서 살아 있는 한 사회에 공헌하려고 하면, 자기 나름대로 보다 더 고도의 정밀한 계획과 설계를 해야 한다는 것을 알 수 있다. 계획된 설계 없이는 인재의 최고 요건인 창조에 의한 공헌이 이루어질 수 없기 때문이다.

이 세상에 태어난 이상은 무엇 한 가지라도 창조해서 자손에게 물려주어야 한다. 그것이 인간으로서의 가치 판단의 포인트이다.

계획에도 물론 장기적인 것과 단기적인 것이 있다. 그리고 계획에는 목표가 불가결하다. 목표 없이는 계획도 없다. 뜻했던 목표를 달성함으로써 삶의 보람도 있다. 삶의 보람이란 것은 성취감이다.

목표가 높으면 삶의 보람도 강렬하고, 낮으면 어쩐지 인생살이가 시원찮다. 결국은 무엇을 실현하려 하느냐

하는 뜻에 의해 모든 것이 결정된다고 말할 수 있다. 목표가 정해지면 그것에 의해 계획을 세운다.

최종 목표를 달성하는 데 어느 정도의 기간과 스텝이 필요한가를 생각하고, 단계를 지어 놓는다. 목표가 높을수록 밟고 올라가야 할 단계의 수효도 많아진다. 그 하나하나의 단계를 작은 목표라 부르고, 긴 단계의 중간에 있는 층계를 중간 목표라고 한다.

처음에는 불가능할 듯하던 높은 목표도, 자기의 능력에 알맞은 높이의 단계를 만들고 한 걸음 한 걸음 올라가면, 히말라야 산도 정복할 수 있듯이 미력한 인간으로서도 훌륭히 달성할 수가 있다.

계획성이란 것은, 그 스텝을 결정하는 방법의 치밀함이라고 말해도 좋다. 그 스텝은 현재의 능력을 120% 발휘함으로써 정복할 수 있는 높이가 적당하다고 한다.

*

인간이란 어떤 존재인가?

도대체 인간이란 어떤 존재인가? 그들은 생각하는 동물이다. 그러므로 다른 모든 존재에게 부여된 여러 가지 한계를 자유롭게 넘을 수 있다. 사고적인 동물이냐, 또는 현명하면서 어리석은 인간이냐? 사실은 그 모두를 동시에 지니고 있다.

그러므로 인간은 위험한 화학 물질로 이상적인 세계를 건설하기 위한 사도로 부릴 수 있고 새로운 창조의 도구로 삼을 수 있는 동물이다. 또한 우주를 횡단하는 다리를 놓을 수 있고, 과거를 현재에 연결시키고, 현재를 미래에 연결시킬 줄 아는 고등동물이다.

이렇듯 인간은 비상한 천재적 재능을 가진 동물인 동시에 한없이 어둡고 어리석은 동물이기도 하다.

자신의 인생에 도전하는 사람이 되어라

눈물과 함께 빵을 먹는 자가 아니고는 생의 맛을 알지 못한다.
–노먼 필

한 번밖에 없는 인생을 어떻게 살아야 하는가를 자기 나름의 생각을 정리한 것을 인생관이라고 한다.

새삼 인생관에 대해 설명하지 않더라도, 누구나 자기 나름대로 인생에 대한 견해를 가지고 있고 무의식적으로 그 견해에 따라 하루하루의 삶을 보내고 있다.

그러나 하루를 살아갈 바에는 적당히 인생을 보낼 것이 아니라 자기 나름대로 정리한 것을 확립해서, 그 이후의 인생은 이것을 기준으로 해서 판단하고, 인생관도 조금씩 개선하여 발전시켜 나가는 것이 바람직하다.

인생관에 대해서는 수많은 책이 씌어져서, 그 일부조차도 이 좁은 지면에서는 제대로 소개할 수 없을 정도이다. 하지만, 인생관을 대략적으로 분류할 수는 있을 것이라고 생각한다.

세상의 인생관을 크게 분류해 보면 다음 세 가지로 나누어진다.

첫째는, 낙천적 · 적극적 인생관이다. 무슨 일이 닥치든간에 밝게 생각하여, 인생은 살아 볼 만한 가치가 있다고 굳은 신념을 갖고 노력하면 반드시 그만한 보람이 있다고 생각하는 인생관이다.

둘째는, 이것과 정반대의 비극적 · 소극적 인생관이다. 무슨 일이건 어둡고 나쁘게만 해석하고, 나의 삶은 나빠진다고 생각하며, 아무리 노력해도 자기에게는 좋은 일이 없다고 생각하는 인생관이다.

셋째는, 위의 두 가지 중의 그 어느 쪽도 아니다. 중간치기 인생관이다. 즉, 앞의 두 가지 만큼 깊이 생각하지 않는 즉흥적인 인생관이라고 말할 수 있다.

그중에 어느 것을 택하든 자유지만, 기왕이면 첫째의 낙천적 · 적극적 인생관을 가지는 것이 좋다. 무슨 일이건 좋게 해석하고, 어떤 역경에 부딪혀도 반드시 조금 지나면 좋은 때가 돌아올 것이라고 믿는 인생관을 가지는 편이 행복하지 않을까.

크게 노력을 하면 자기에게나 사회에도 반드시 플러스가 된다고 확신하는 것이 중요하다. 그 플러스란 것은 반드시 금전 · 지위 · 명예와 결부되지 않을지도 모르지만 자기 자신을 위한 인생의 충실감, 사회에 대해서 어떤 형태로든 이바지하겠다는 확신 등에 의해 만족할 수 있을 것이다.

그러나 적극적으로 노력한다고 해서 무턱대고 뼈빠지게 일할 것도 아니고, 또한 무엇인가에 지나치게 집착해서 파묻혀 버릴 것도 아니다. 구애되지 말고, 얽매이지 말고, 치우치지 말고, 구김살 없이 살면서 일을 하는 것이 이상적이다.

인생에 있어서의 불행은 아무래도 구애되거나 치우치거나 고집하는 데에서 오는 것이 많다고 생각한다. 사상·이데올로기에 구애되는 일도 있을 수 있고, 욕망에 얽매이거나 색色에 빠지거나 좌우 어느 한쪽에 치우쳐 균형을 잃는 경우도 있다.

이 평형감각, 자유롭고 유연한 사고방식, 낮은 차원의 욕구에 집착하지 않는 담백한 태도가 단 한 번뿐인 인생을 행복하게 해주는 것이다.

이러한 척도로써 인생관을 다시 한번 판단해서 생각을 고치는 것은 어떻겠는가.

*

변화하는 사회에서 적응력을 키워라

환경의 변화에 따라 자신을 변화시켜 나가는 사람은 성공할 수 있다. 따라서 먼저 주변 사람들이나 주변에서 일어나는 사건들과 자신의 관계를 이해할 필요가 있다. 즉, 변하는 환경에 적응할 수 있느냐 없느냐가 승자와 패자를 가르는 지름길이다.

강인한 판단력이 운명의 지배자를 만든다

아무리 많은 반대가 있어도 양심에 옳다고 느껴지거든 그렇게 하라.
남이 반대한다고 자신의 신념을 꺾지 마라.
-채근담

아무리 낙천적으로 살려고 해도 인간이란 존재는 약하기 때문에 낙담하고 불평불만에 사로잡히는 경우가 있다. 이런 때 마음속에서 머리를 쳐드는 불평불만이라는 잡초를 어떻게 제거하느냐는 것이 곧 인생을 행복하게 하는 하나의 열쇠라고 말할 수 있다.

불평불만을 근절시키기는 매우 어렵다. 인간인 이상은 그런 감정에 놓이게 되는 것이 오히려 당연한 일이다. 하지만, 그 잡초를 부지런히 제거하지 않으면 금방 무성해져서 행복의 꽃밭을 엉망으로 망가뜨린다.

불평불만도 사소한 것은 괜찮지만, 언제까지 굳어져서 남아 있을 뿌리 깊은 것이면 주의 깊게 제거할 필요가 있다.

문제는 그 불평불만의 원인이 무엇이냐는 것이다. 뿌리 깊은 불평불만의 원인을 찾아보면, 불안과 맞닥뜨린다. 불안이라는 병균이 제거되지 않는 한은, 아무리 표면의 불평불만을 제거하더라도, 고약한 색깔과 냄새를 가진 불평불만이 다시 싹 터 나온다.

인생에 있어서는 괴로운 일이지만, 그 뿌리 깊은 곳에 숨겨져 있는 불안을 찾아내어 그림자와 같은 정체를 포착하지 않으면 안 된다.

이것은 하나의 수술이며 본능적으로 숨기고 싶어지는 것을 파내는 것이기 때문에 용기가 필요하다. 고통을 참고 메스를 가하는 강인한 판단력이 필요하다.

불안이라는 것은 공포와는 다르다. 공포는 대상이 분명하기 때문에 대항책을 내세우게 되지만, 불안은 대상이 분명하지 않고 정체가 명확하지 않기 때문에 어떤 대책을 세워야 할지 제대로 알 수가 없다.

이러한 불안심리를 잘 살펴보면 불안정에서 생겨나는 것임을 알 수가 있다. 불안정 즉, 불균형한 언밸런스이다. 도대체 무엇이 불균형인지 그 정체를 분명히 밝히는 것이 인간의 지혜이고 뛰어난 판단력인 것이다.

청년기에 들어설 무렵의 불안은 본인도 좀체로 자각하지 못한다. 성숙한 어른으로서의 육체와 미숙한 정신의 불균형, 한편으로는 어른 취급을 받고 싶어 하면서 다른 한편으로는 미숙한 데서 오는 자신감이 없기 때문에 어린애처럼 보호받고 싶어 하는, 이 두 가지 사이의 언밸런스가 불안으로 되고, 그것이 분출되면 이른바 '이유 없는 반항'이 된다.

이유가 없다는 것은 본인 자신이 그 이유를 제대로 설명할 수 없는 불안을 의미한다. 자신의 정신적인 미숙을 자존심 때문에 인정하고 싶어 하지 않는 심층 심리. 이것을 알지 못하면 청년기의 반항이나 불평불만을 이해하지도 못하고, 이에 대해 적절한 대책도 세우지 못한다.

어른이 된 후의 불안도 마찬가지이다. 일과 능력간의 불균형, 포스트와 실력간의 언밸런스에서 오는 불안, 그리고 불평불만, 이런 경우도 자신의 능력이나 실력의 미숙, 수준 미달 상태 등을 꿰뚫을 만한 강인한 판단력을 갖고 있느냐 어떠냐가 중요하다.

*

기쁨과 감사하는 마음을 가져라

성공하고 승리했을 때 기뻐하는 것은 누구나 할 수 있다. 그러나 진정한 성공자는 실패조차도 자신의 것이라고 생각하고 기뻐하며 감사하게 즐길 수 있는 사람이다.

성공한 사람은 모두를 기쁨으로 받아들이고, 실패한 사람은 모두를 슬픔으로 받아드린다.

자신의 인생에 불꽃이 튀게 해라

절제와 노동은 인간에게 있어 진실된 의사다.
–룻소

인생은 어렵고 소중한 존재이다. 한 번밖에 없는 나의 삶을 후회 없게, 그리고 자랑스럽게 살아가려면 얼마나나 자신에 대한 인식과 판단이 중요한가를 새삼 절실히 깨닫게 된다.

인생에 있어서의 가치 판단은 모든 면에서 그 사람의 존재를 결정함과 동시에, 한편 사회적으로 가치 판단을 받으므로 상대적이면서 사회와 불가분의 관계에 있다.

한 번밖에 없는 인생을 소중하고 진지하게 살아가면 주위 사람들도 그 자세에 감동하고, 감화받고, 감사하게 된다. 입으로 비록 말하지 않더라도 그 살아가는 삶의 태도를 높이 평가하고 조금이라도 배우고 싶어하게 된다.

참으로 고맙게도 인간에게는 누구에게나 향상심이라는 것이 있고, 이것이 인간의 태도를 보다 더 뛰어난 훌륭한 것으로 만드는 가능성을 약속해 주고 있다.

자기 속에 있는 향상심을 깨닫고, 동시에 다른 사람들의 마음속에도 깃들어 있는 향상심의 가치를 높이 평가하고, 다 함께 그 향상심을 살려서 충실한 인생을 건설해 나가려면 어떻게 하는 것이 좋을까를 판단하는 것이 곧 현명한 생활 태도의 기본이다.

향상심은 격동의 에너지이다. 점화하면 높은 열을 내고 타오른다. 점화하려면 높은 열을 내는 연소가 선행되어야 한다. 내가 타지 않으면서 남을 불타게 할 수 없다.

스포츠가 어째서 사람들의 마음을 약동시키느냐 하면, 승부에 몸과 마음을 불태우고 맞부딪치는 열기가 관람자들에게 파급되어 가슴이 뜨거워지기 때문이다. 그것은 선수의 마음에 불을 붙여서 힘껏 타오르게 할 수 있었던 감독이나 리더의 열의에 경탄하게 된다.

우리들은 이처럼 이해득실을 초월한 영혼의 맞부닥침을 언제나 체험하고 싶어 한다. 그러나 유감스럽게도 비즈니스 사회에는 그러한 감동이 적고, 오히려 차가워지거나 매너리즘화 되는 경향이 강하다.

왜 그럴까. 이는 역시 인간이 만들어 놓은 조직이라는 것에 근본적인 이유가 있는 것으로 생각한다. 조직에는 개인의 창의나 자주성을 위에서부터 억누르려 하거나, 또는 의심스럽게 브레이크를 걸러고 하는 비인간적인 면이 있기 때문이다.

어떤 사람은 '지상에 생물이 발생하여 진화 · 발전해서 인류라고 하는 놀라운 존재가 이루어졌지만, 미래의 포스트가 된 것은 무엇일까'라고 자문하고, 그것은 조직이라고 자답하고 있다.

확실히 조직의 범위가 커지면 혼자 움직이고, 그 속에 살아 있는 인간을 압박하고, 조직의 이름으로 멤버를 살육하고, 때로는 그 조직을 만든 사람까지도 말살해 버리고 만다. 그러므로 인생을 보다 더 훌륭하게, 보다 더 풍부하게 만들기 위해서는 조직과 개인의 관련에 대해서 적당한 시기에 적절한 판단을 내리지 않으면 안 된다는 생각을 가져 본다.

*

성공이란 꿈을 만드는 인간의 꽃이다

리더십은 상황에 따라 매우 다양하게 정의되고 있다. 그러나 그 내용을 종합해보면 '리더십이란 일정한 상황에서 공통의 목표를 달성하기 위하여 개인이나 집단 행위에 영향력을 행사하는 과정'으로 요약할 수 있다.

즉 리더십의 요체는 영향력 행사의 과정이며, 그 궁극적 목적은 기업의 목표다. 따라서 훌륭한 기업인은 구성원들에게 영향력을 행사하여 기업의 공동 목표를 달성하도록 직원들의 마음속에 꿈을 담아주는 사람이라고 할 수 있다.

성공의 주인공은 바로 나 자신이다

지혜를 이해하는 데는 지혜가 필요하다. 귀머거리 청중에게는 음악이 아무런 의미가 없다.
–리프먼

이상으로 판단력에 대해서 생각해 보았다. 돌이켜 보면, 인생은 하루하루, 순간 순간 판단의 연속이라는 것을 새삼 통감하게 된다.

그리고 판단한다는 것은 곧 인간에게 선택할 자유가 있다는 것을 의미하기도 한다. 판단과 자유는 끊으려야 끊을 수 없는 관계에 있고, 표리表裏와 연관되어 있다고 정리해도 잘못은 아니다.

자유라고 말하면, 아주 마음 편하고 제멋대로인 것같이 생각하는 사람이 많으나, 실은 자유만큼 냉엄하고, 생각하기에 따라서는 그것보다 무서운 것도 없다.

예를 들면, 자유란 것은 사막의 한가운데에 헬리콥터로 혼자 떨어진 경우와 같다. 어느 쪽으로 걸어가건, 어느 곳에 머물던 자유이다. 3백 60도, 사방팔방, 그 어느 쪽을 선택하건 자유이다. 그러나 그 선택 판단의 결과는 100% 자신이 떠맡지 않으면 안 된다. 서쪽으로 가면 오아시스가 있고 나무의 열매도 있어서 목숨을 부지할 수 있으나, 동쪽으로 가면 가도 가도 모래 언덕뿐이므로 기진해서 쓰러져 죽을지도 모른다.

그 판단의 잘못을 누구에게 덮어씌울 수도 없고 원망할 수도 없다. 미성년일 때에는 사회에 나설 때까지 부모의 헌신적인 보호와 지도에 의해 무사히 성장하지만, 한 사람의 사회인이 되면 자기의 생활과 행동에 대해서 스스로 판단하고, 스스로 결과에 대해 책임을 지지 않으면 안 된다는 것을 분명히 마음속에 새겨 두어야 한다. 부모 곁을 떠나서 자유롭게 되었다고 기뻐하는 것은 좋지만, 그것은 매우 엄숙한 일임을 각오해야 한다.

자유를 잘못 선택한 탓으로 얼마나 많은 사람들이 인생을 그르쳤던가. 인생을 출발함에 있어서는 위와 같은 훌륭한 가르침을 깊이 새겨 두면 얼마나 좋을까 하는 생각이 든다.

결국 판단력의 문제는 자유와 깊이 결부되어 있다. 자기가 자유롭게 판단하기보다는 남의 흉내나 내고 시류에 따르고, 유행에 따르는 편이 훨씬 마음 편하다. 그리고 스스로 깊이 생각해서 판단할 것이 아니라, 저널리즘에 의한 '세론世論'이라는 것에 따르는 게 무난하다고 생각하는 한 판단력은 강화되지 못할 것이다.

샐러리맨은 안정된 수입을 지속적으로 보증 받는 대가로, 자유스러운 판단을 제한받는 사람이라고 단정해서는 곤란하다. 그렇게 되면 책임감도 신중함도 잃게 되어 무기력해지고 만다.

그런 점에서 보면 자유업에 종사하는 사람은 100% 스스로 생각하고, 그 판단의 결과로 발생하는 책임도 100% 지지 않을 수가 없다. 그것의 범위가 넓어지면 삶의 보람 또한 크다고 말할 수 있다.

그러나 앞으로는 기업 조직에 있어서도 자주 관리라는 방식에 의해 자유도自由度를 될 수 있는 대로 확대하여 자주적 판단에 입각해서 일을 해 나가도록 하는 경향이 해마다 높아지고 있다. 우리 국민은 자유도를 높이고 고차원화할수록 훌륭히 일하며 의욕적으로 성장한다는 것이 잘 알려져 있기 때문이다.

따라서 자유도가 높아지는 만큼 판단은 엄숙하게 된다. 결과에 대해 책임을 지지 않으면 안 된다. 그럴수록 일한 보람이 커지게 된다.

이미 일의 책임량도, 자기가 소속하는 부서도, 심지어는 자기의 급료까지도 자유롭게 스스로 결정하는 회사가 생겨나고 있다. 일하고 싶지 않으면 하지 않을 자유도 있다. 정년도 없지만, 언제 사직해도 괜찮다.

이렇게 자유롭게 되어버리면 엄숙해진다. 그룹을 이루어 일하지만 리더를 뽑는데 자진해서 나선 사람이 리더가 된다. 그 대신에 리더로 된 사람은 모든 일에 대해 판단해야 하고, 그 결과에 대해서 책임을 지지 않으면 안 된다.

그러한 회사를 찾아가 보면 모두가 밝은 얼굴로 일하고 있다. 자유로운 환경과 제약이 없기 때문에 밝은 표정인 것은 당연한 일이다. 그러나 조금 깊이 파헤쳐 보면, 그 한 사람 한 사람이 가진 사고방식의 엄숙한 면과 자기의 생각이라는 것을 확실히 가지고 있는 판단력이 확고한 면을 뚜렷이 느끼게 한다.

앞으로 사업의 경영은 더욱 더 이처럼 자유도가 높은 것으로 될 것이 틀림없다고 확신하고 있다. 그럴수록 판단력에 대한 요청도 한층 높아질 것임이 틀림없다.

마지막으로 거듭 강조하고 싶은 말은 판단력은 별안간 짜내려고 해 봐야 소용없다는 점이다. 훌륭한 판단력이라는 것은, 그 사람의 전인력에서 스며 나오는 에센스와도 같은 것이다.

그러므로 판단력을 위해서는 많은 경험, 체험을 거듭 쌓는 한편, 다양한 인간 형성의 노력을 무한히 계속하는 것이 중요하다. 그렇게 해서 몸에 지니게 된 것이 어느 순간에는 결정적인 판단을 내리게 해주는 단서가 된다.

마지막으로 다시 한번 그 요령을 말한다면 '자기보다 윗자리에 있는 사람의 입장에서 생각하고 판단하라'는 것이다. 팀원은 팀장의 입장에서, 이것이 거의 매일 끊임없이 직면하는 문제를 적절히 해결하여 정답을 얻는 법칙이다.

*

〈권말부록〉

리더들이 즐겨 읽는 탈무드 한 줄

삶과 지혜의 격언

• 사람들은 돈을 시간보다 소중하게 여기지만, 그로 인해 잃는 시간은 금전으로도 사지 못한다.

• 입을 다물 줄 모르는 사람은 대문이 닫히지 않는 집과 같다.

• 너무 높이 오르지 않으면 높은 곳에서 떨어지는 일이 없다.

• 어떤 사람은 젊어도 늙었고, 어떤 사람은 늙었어도 젊다.

• 눈이 보이지 않는 것보다는 마음이 보이지 않는 쪽이 더 두렵다.

• 현명한 사람은 자기 눈으로 직접 본 것을 남들에게 이야기하고, 어리석은 사람은 자기 눈으로 보지 못하고 귀로 들은 것만을 이야기한다.

• 물고기는 언제나 입으로 낚인다. 인간도 역시 입 때문에 걸려든다.

• 시계는 일어날 시간을 알기 위해 쓰여야지, 잠잘 시간을 알기 위해서 쓰여서는 안 된다.

• 인간은 세 가지에 의해서 지탱된다. 지식과 재산과 선행이다.

• 좋은 일을 하는 것은 처음엔 가시밭길이지만, 결국은 평탄한 길로 들어서게 된다. 나쁜 일을 하는 것은 처음에는 평탄한 길이지만 곧 가시밭길로 들어서게 된다.

• 이 세상에 살고 있는 동안에는 영원히 죽지 않을 것이라고 생각하고 모든 것을 계획하라. 그리고 저승을 위해서는 내일 죽는다고 생각하고 계획하여라.

• 1온스의 행운은 1파운드의 황금보다 낫다.

돈과 마음에 대한 격언

• 가난함은 수치가 아니지만, 그렇다고 명예로운 것도 아니다.

• 재물이 많으면 그만큼 걱정거리도 늘어나지만, 재물이 전혀 없으면 걱정거리가 더 많다.

• 돈을 사랑하는 마음만으로 부자가 될 수 없다. 돈이 당신을 사랑하지 않으면 안 된다.

• 부자가 되는 유일한 방법은 내일 할 일을 오늘 해치우고, 오늘 먹어야 할 것을 내일 먹는 일이다.

• 좋은 수입만큼 좋은 약은 없다.

• 돈은 닫힌 문을 쉽게 열 수 있는 황금열쇠이다.

• 겨울 땔감에 필요한 돈을 여름철 한가할 때 놀면서 낭비하지 말라.

• 마음에서의 문은 입, 마음에서의 창은 귀이다.

• 매일매일 자기 자신을 학대하는 자는 이승도 저승도 갈 곳이 없다.

• 남의 결점만 찾아내는 사람은 자기 결점은 찾지 못한다.

• 원한을 품고 난 뒤의 당신의 마음은 개운하지 않을 것이다.

그러나 용서해 준 뒤의 마음은 시원하고 맑다.

• 돈이 없는 것은 인생에서의 절반을 잃은 것이고, 용기가 없는 것은 인생 모두를 잃는 것이다.

• 영웅의 첫발은 용기를 갖는 일이다.

• 노예라도 현실에 만족하면 자유롭고, 자연스런 인간도 현실에 불만이 있으면 바로 노예다.

• 천국의 출입구는 기도에는 닫혀 있을 수 있지만 눈물에는 열린다.

건강과 교육에 관한 명언

• 이미 끝나버린 일을 후회하기보다는 하고 싶었던 일을 하지 못한 것을 후회하라.

• 술이 머리에 들어가면 비밀이 밖으로 밀려 나온다.

• 인간의 탄생과 죽음은 책의 앞면과 뒷면 같은 것이다.

• 체중은 그 무게를 잴 수 있으나, 지성의 무게는 잴 수가 없다. 지성에는 한계가 없기 때문이다.

• 사람은 책을 통해 많은 지혜를 얻게 된다.

• 열매가 탐스럽게 열린 나무는 바람에 흔들리지 않는다.

• 지혜로운 자는 빵을 나눌 때 열 번씩 생각하고 나누지만, 우매한 자는 열 번을 나누어도 한 번도 생각나지 않는다.

• 자녀가 성장해 가면서 부모를 잊는 것은 부모의 교육이 나쁘기 때문이다.

• 한 사람의 아버지는 열 자녀라도 양육할 수 있으나, 열 자녀는 한 아버지를 봉양할 수 없다.

• 사람을 바꾸고 싶어도 안 되는 것은 자기의 부모이다.

• 선생님으로부터 배우는 것보다도 친구에게, 그리고 학생에

게서 배우는 것이 더 많다.

• 어리석은 자의 노년은 겨울이지만, 현자의 노년은 황금기이다.

• 책으로부터 지식을 배우고 인생에서 지혜를 배운다.

• 세 종류의 어리석은 사람이 있다. 첫째는 자신의 어리석음을 알고 있는 사람, 둘째는 자기가 슬기롭다고 자신하는 사람, 셋째는 자기 자신도 남도 모두 어리석다고 생각하는 사람이다.

입에 대한 격언

• 말이 당신의 입안에서 돌고 있을 때, 그 말은 당신의 노예이지만, 일단 밖으로 튀어나왔을 때는 당신의 주인이 된다.

• 혀는 마음의 붓이다.

• 현명한 사람은 자기 눈으로 직접 본 것을 남들에게 이야기하고, 어리석은 사람은 자기 눈으로 보지 못하고 귀로만 들을 것을 이야기한다.

• 남의 입에서 나온 말보다 자기 입에서 나오는 말을 잘 들어야 한다.

• 고약한 혀는 고약한 손보다 나쁘다.

• 밤에 이야기할 때는 소리를 낮추고, 낮에 이야기할 때는 주위를 살펴야 한다.

• 싸움을 잠재우는 가장 좋은 방법은 침묵이다.

• 침묵도 하나의 대답이다.

• 당신이 비밀을 지키고 있을 때는 비밀은 당신의 포로이다. 그러나 당신이 그것을 말해버린 순간부터 그대는 비밀의 포로가 된다.

• 자기 자랑을 하는 것은 남을 욕하는 것보다 낫다.

• 영혼까지도 휴식이 필요함으로 인간은 잠을 자는 것이다. 입에도 휴식을 주고 남의 말에 귀를 기울여라.

• 즐겁게 오래 살고 싶으면 코로 숨을 쉬고 입은 다물어라.